走着，走着，在春天

Bright
Spring

张晓风——著

中国出版集团 现代出版社

版权登记号：01-2020-1568

图书在版编目（CIP）数据

走着，走着，在春天 / 张晓风著 . -- 北京：现代出版社，
2020.3
　ISBN　978-7-5143-8310-2

　Ⅰ.①走⋯　Ⅱ.①张⋯　Ⅲ.①散文集－中国－当代
Ⅳ.①I267

中国版本图书馆 CIP 数据核字 (2019) 第 272721 号

　i. 中文简体字版©2018 年，由现代出版社出版。
　ii. 本书由九歌出版社有限公司正式授权，经由凯琳国
际文化代理，授权现代出版社出版中文简体字版本。非经
书面同意，不得以任何形式任意重制、转载。

走着，走着，在春天

作　　者：张晓风
策划编辑：王传丽
责任编辑：张　瑾　肖君澜
封面设计：吉冈雄太郎
出版发行：现代出版社
通信地址：北京市安定门外安华里 504 号
邮政编码：100011
电　　话：010-64267325　64245264（传真）
网　　址：www.1980xd.com
电子邮箱：xiandai@vip.sina.com
印　　刷：三河市南阳印刷有限公司
开　　本：880mm×1230mm　1/32
印　　张：8.5
字　　数：175 千字
版　　次：2020 年 5 月第 1 版　　印　　次：2020 年 5 月第 1 次印刷
书　　号：ISBN 978-7-5143-8310-2
定　　价：45.00 元

不比一个凡人好，也不比一个凡人坏，我有我的逆顺祥和，也有我的叛逆凶戾，我在我无限的求真求美的梦里，也在我脆弱不堪一击的人性里。

生命有如一枚神话世界里的珍珠，出于沙砾，归于沙砾，晶光莹润的只是中间这一段短短的幻象啊！然而，使我们颠之倒之甘之苦之的不正是这短短的一段吗？

　　天地也无非是风雨中的一座驿亭，
人生也无非是种种羁心绊意的事和情。

山风与发，冷泉与舌，流云与眼，松涛与耳，他们等着，在神秘的时间的两端等着，等着相遇的一刹——一旦相遇，就不一样了，永远不一样了。

至于所有的花，已交给蝴蝶去点数。所有的蕊，交给蜜蜂去编册。所有的树，交给风去纵宠。而风，交给檐前的老风铃去——记忆、——垂询。

或见或不见，花总在那里。

或盈或缺，月总在那里。

不要做一朝的看花人吧！

不要做一夕的赏月人吧，

人生在世哪一刻不美好完满？

哪一刹那不该顶礼膜拜感激欢欣呢？

不要有所期有所待，这样，你便不会忧伤。

不要有所系有所思，否则，你便成不赦的囚徒。

不要企图攫取，妄想拥有，除非，你已预先洞悉人世的虚空。

有人飞舟，是为了「凌驾」水，而我不是，如果我去亲炙水，我需要的是涓水归川的感觉，是自身的消失，是形体的涣释，精神的冰泮，是自我复归位于零的一次冒险。

目　录

种种有情，种种可爱

树在。山在。大地在。岁月在。我在。
你还要怎样更好的世界？

我有一个梦

不要有所期有所待，这样，你便不会
忧伤。不要有所系有所思，否则，你
便成不赦的囚徒。

一个女人的爱情观

爱我，只因为我是我，有一点好、有
一点坏、有一点痴的我，古往今来独
一无二的我，爱我，只因为我们相遇。

走着，走着，在春天

于是学会了为阳光感谢——因为阴晦并非
不可能。学会了为平静而索味的日子感
谢——因为风暴并非不可能。学会了为粗
食淡饭感谢——因为饥饿并非不可能。

人体中的繁星和穹苍

青春太好，好到无论你怎么过都觉得
浪掷，回头一看，都要生悔。

种种有情，种种可爱

树在。山在。大地在。岁月在。
我在。你还要怎样更好的世界？

遇

——遇者，不期而会也（《论语义疏》）

一

生命是一场大的遇合。

一个民歌手，在洲渚的丰草间遇见关关和鸣的雎鸠，——于是有了诗。

黄帝遇见磁石，蒙恬初识羊毛，立刻有了对物的惊叹和对物的深情。

牛郎遇见织女，留下的是一场恻恻然的爱情，以及年年夏夜，在星空里再版又再版的永不褪色的神话。

夫子遇见泰山，李白遇见黄河，陈子昂遇见幽州台，米开朗基罗在混沌未凿的大理石中预先遇见了少年大卫，生命的情境从此就不一样了。

我渴望生命里的种种遇合，某本书里有一句话，等我去读、去拍案。田间的野老，等我去了解、去惊识。山风与发，冷泉与舌，流云与眼，松涛与耳，他们等着，在神秘的时间的两端等着，等着相遇的一刹——一旦相遇，就不一样了，永远不一样了。

我因而渴望遇合，不管是怎样的情节，我一直在等待着种种发生。

人生的栈道上，我是个赶路人，却总是忍不住贪看山色。生命里既有这么多值得驻足的事，相形之下，会不会误了宿头，也就不是那样重要的事了。

二

菲律宾机场意外地热，虽然，据说七月并不是他们最热的月份。房顶又低得像要压到人的头上来，海关的手续毫无头绪，已经一个钟头过去了。

小女儿吵着要喝水，我心里焦烦得要命，明明没几个旅客，怎么就是搞不完。我牵着她四处走动，走到一个关卡，我不知道能不能贸然过去，只呆呆地站着。

忽然，有一个皮肤黝黑、身穿镂花白衬衫的男人，提着个007的皮包穿过关卡，颈上一串茉莉花环。看他的样子不像是中国人。

茉莉花是菲律宾的国花，穿成儿臂粗的花环白盈盈的一大嘟噜，让人分不出来是由于花太白，白出香味来了，还是香太浓，浓得凝结成白色了。

而作为一个中国人，无论如何总霸道地觉得茉莉花是中国的，生长在一切前庭后院，插在母亲鬓边，别在外婆衣襟上，唱在儿歌里的：

"好一朵美丽的茉莉花……"

我挽着小女儿的手，凝望着那花串，一时也忘了溜出来是干什么的。机场不见了，人不见了，天地间只剩那一大串花，清凉的茉莉花。

"好漂亮的花！"

我不自觉地脱口而出。用的是中文，反正四面都是菲律宾人，没有人会听懂我在喃喃些什么。

但是，那戴花环的男人忽然停住脚，回头看我，他显然是听懂了。他走到我面前，放下皮包，取下花环，说：

"送给你吧！"

我愕然，他说中国话，他竟是中国人，我正惊诧不知所措的时候，花环已经套到我的颈上来了。

我来不及地道了一声谢，正惊疑间，那人已经走远了。小女儿兴奋地乱叫："妈妈，那个人怎么那么好，他怎么会送你花的呀？"

更兴奋的当然是我，由于被一堆光璨晶射的白花围住，我忽然自觉尊贵起来，自觉华美起来。

我飞快地跑回同伴那里去，手续仍然没办好，我急着要告诉别人，愈急愈说不清楚，大家都半信半疑以为我开玩笑。

"妈妈，那个人怎么那么好，他怎么会送你花的呀？"小女儿仍然誓不甘休地问。

我不知道，只知道颈间胸前确实有一片高密度的花丛，那人究竟是感动于乍听到的久违的乡音，还是简单地想"宝剑赠英雄"，把花环送给赏花人，还是在我们母女携手处看到某种曾经熟悉的眼神？我不知道，他已经匆匆走远了，我甚至不记得他的面目，只记得他温和的笑容，以及非常白非常白的白衫。

今年夏天，当我在南部小城母亲的花圃里摘弄成把的茉莉，我会想起去夏我曾偶遇到一个人，一串花，以及魂梦里那圈不凋的芳香。

三

那种树我不知道是黄槐还是铁刀木。

铁刀木的黄花平常老是簇成一团，密不通风，有点滞人，但那种树开的花却松疏有致，成串地垂挂下来，是阳光中薄金的风铃。

那棵树被圈在青苔的石墙里，石墙在青岛西路上。这件事我已经注意很久了。

我真的不能相信在车尘弥天的青岛西路上会有一棵那么古典的树，可是，它又分明在那里，它不合逻辑，但你无奈，因为它是事实。

终于有一年，七月，我决定要犯一点小小的法，我要走进那个不常设防的柴门，我要走到树下去看那交枝错柯美得逼人的花。没有一点困难，只几步之间，我已来到树下。

不可置信的，不过几步之隔，市声已不能扰我，脚下的草地有如魔毯，一旦踏上，只觉身子腾空而起，霎时间已来到群山清风间。

这一树黄花在这里进行说法究竟有多少夏天了？冥顽如我，直到此刻直撅撅地站在树下仰天，才觉万道花光如当头棒喝，夹脑而下，直打得满心满腔一片空茫。花的美，可以美到令人恢复无知，恢复无识，美到令人一无依恃，而光裸如赤子。我敬畏地望着那花，哈，好个对手，总算让我遇上了，我服了。

那一树黄花，在那里说法究竟有多少夏天了？

我把脸贴近树干，忽然，我惊得几乎跳起来，我看到蝉壳了！土色的背上一道裂痕，眼睛部分晶凸出来，那样宗教意味的蝉的遗蜕。

蝉壳不是什么稀罕东西，但它是我三十年前孩提时候最爱捡拾的宝物，乍然相逢，几乎觉得是神明意外的恩宠。他轻轻一拨，像拨动一座走得太快的钟，时间于是又回到混沌的子时，三十年的人世沧桑忽焉消失，我再度恢复为一个一无所知的小女孩，沿着清晨的露水，一路去剥下昨夜众蝉新蜕的薄壳。

蝉壳很快就盈握了，我把它放在地下，再去更高的枝头剥取。

小小的蝉壳里，怎么会容得下那长夏不歇的鸣声呢？那鸣声是渴望？是欲求？是无奈的独白？

是我看蝉壳，看得风多露重、岁月忽已晚呢，还是蝉壳看我，看得花落人亡、地老天荒呢？

我继续剥更高的蝉壳，准备带给孩子当不花钱的玩具。地上已经积了一堆，我把它背上裂痕贴近耳朵，一一于未成音处听长鸣。

而不知什么时候，有人红着眼睛从甬道走过。奇怪，这是一个什么地方？青苔厚石墙，黄花串珠的树，树下来来往往悲泣的眼睛？

　　我探头往高窗望去，香烟缭绕而出，一对素烛在正午看来特别黯淡的室内跃起火头。我忽然警悟，有人死了！然后，似乎忽然间我想起，这里大概就是台大医院的太平间了。

　　流泪的人进进出出，我呆立在一堆蝉壳旁，一阵当头笼罩的黄花下，忽然觉得分不清这三件事物，死、蝉壳以及正午阳光下亮得人炫目的半透明的黄花。真的分不清，蝉是花？花是死？死是蝉？我痴立着，不知自己遇见了什么。

　　我后来仍然日日经过青岛西路，石墙仍在，我每注视那棵树，总是疑真疑幻。我曾有所遇吗？我一无所遇吗？当树开花时，花在吗？当树不开花时，花不在吗？当蝉鸣时，鸣在吗？当鸣声消歇，鸣不在吗？我用手指摸索着那粗粝的石墙，一面问着自己，一面并不要求回答。

　　然后，我越过它走远了。

　　然后，我知道那种树的名字了，叫阿勃拉，是从梵文译过来的，英文是 golden shower，怎么翻译呢？翻译成金雨阵吧！

我在

　　记得是小学三年级，偶然生病，不能去上学，于是抱膝坐在床上，望着窗外寂寂青山、迟迟春日，心里竟有一份巨大幽沉至今犹不能忘的凄凉。当时因为小，无法对自己说清楚那番因由，但那份痛，却是记得的。

　　为什么痛呢？现在才懂，只因你知道，你的好朋友都在那里，而你偏不在，于是你痴痴地想，他们此刻在操场上追追打打吗？他们在教室里挨骂吗？他们到底在干什么啊？不管是好是歹，我想跟他们在一起啊！一起挨骂挨打都是好的啊！

　　于是，开始喜欢点名，大清早，大家都坐得好好的，小脸还没有开始脏，小手还没有汗湿，老师说：

　　"×××"

　　"在！"

　　正经而清脆，仿佛不是回答老师，而是回答宇宙乾坤，告诉天地，告诉历史，说，有一个孩子"在"这里。

回答"在"字，对我而言总是一种饱满的幸福。

然后，长大了，不必被点名了，却迷上旅行。每到山水胜处，总想举起手来，像那个老是睁着好奇圆眼的孩子，回一声："我在。"

"我在"和"某某到此一游"不同，后者张狂跋扈，目无余子，而说"我在"的仍是个清晨去上学的孩子，高高兴兴地回答长者的问题。

其实人与人之间，或为亲情或为友情或为爱情，哪一种亲密的情谊不是基于我"在"这里，刚好，你也"在"这里的前提？一切的爱，不就是"同在"的缘分吗？就连神明，其所以为神明，也无非由于"昔在、今在、恒在"，以及"无所不在"的特质。而身为一个人，我对自己"只能出现于这个时间和空间的局限"感到另一种可贵，仿佛我是拼图板上扭曲奇特的一块小形状，单独看，毫无意义，及至恰恰嵌在适当的时空，却也是不可少的一块。天神的存在是无始无终浩浩莽莽的无限，而我是此时此际此山此水中的有情和有觉。

有一年，和丈夫带着一团的年轻人到美国和欧洲去表演，我坚持选崔颢的《长干行》作为开幕曲，在一站复一站的陌生城市里，舞台上碧色绸子抖出来潾潾水波，唐人乐府悠然导出：

> 君家何处住？
> 妾住在横塘。
> 停船暂借问，
> 或恐是同乡。

渺渺烟波里，只因错肩而过，只因你在清风我在明月，只因彼此皆在这地球，而地球又在太虚，所以不免停舟问一句话，问一问彼此隶属的籍贯，问一问昔日所生、他年所葬的故里。那年夏天，我们也是这样一路去问海外中国人的隶属所在啊！

一九八三年九月二十四日我到香港教书，翌日到超级市场去买些日用品，只见人潮涌动，米、油、罐头、卫生纸都被抢购一空。当天港币与美元的比例跌至最低潮，已到了十与一之比。朋友都替我惋惜，因为薪水贬值等于减了薪。当时我望着快被搬空的超级市场，心里竟像疼惜生病的孩子一般地爱上这块土地。我不是港督，不是黄华，左右不了港人的命运。但此刻，我站在这里，跟缔造了经济奇迹的香港的中国人在一起。而我，仍能应邀在中文系里教古典诗，至少有半年的时间，我可以跟这些可敬的同胞并肩，不能做救星，只是"在一起"，只是跟年轻的孩子一起回归于故国的文化。一九九七年，香港的命运会如何？我不知道，只知道曾有一个秋天，我在那里，不是观光客，是"在"那里。

旧约《圣经》里记载了一则三千年前的故事，那时老先知以利因年迈而昏聩无能，坐视宠坏的儿子横行。小先知撒母耳却仍是幼童，懵懵懂懂地穿件小法袍在空旷的大圣殿里走来走去。然而，事情发生了，有一夜他听见轻声呼唤："撒母耳！"

他虽瞌睡却是个机警的孩子，跳起来，便跑到老以利面前："你叫我，我在这里！"

"我没有叫你，"老态龙钟的以利说，"你去睡吧！"

孩子去躺下，他又听到相同的叫唤："撒母耳！"

"我在这里，是你叫我吗？"他又跑到以利跟前。

"不是，我没叫你，你去睡吧。"

第三次他又听见那召唤的声音，小小的孩子实在给弄糊涂了，但他仍然尽快跑到以利面前。

老以利蓦然一惊，原来孩子已经长大了，原来他不是小孩子梦里听错了话，不，他已听到第一次天音，他已面对神圣的召唤。虽然他只是一个弱的小孩，虽然他连什么是"天之钟命"也听不懂，可是，旧时代毕竟已结束，少年英雄会受天承运挑起八方风雨。

"小撒母耳，回去吧！有些事，你以前不懂，如果你再听到那声音，你就说：'神啊！请说，我在这里。'"

撒母耳果真第四度听到声音，夜空烁烁，廊柱耸立如历史，声音从风中来，声音从星光中来，声音从心底的潮声中来，来召唤一个孩子。撒母耳自此至死，一直是个威仪赫赫的先知，只因多年前，当他还是稚童的时候，他答应了那声呼唤，并且说："我，在这里。"

我当然不是先知，从来没有想做"救星"的大志，却喜欢让自己是一个"紧急待命"的人，随时能说"我在，我在这里"。

这辈子从来没喝得那么多，大约是一瓶啤酒吧，那是端午节的晚上，在澎湖的小离岛。为了纪念屈原，渔人那一天不出海，小学校长陪着我们和家长会的朋友吃饭，对着仰着脖子的敬酒者你很难说"不"。他们喝酒的样子和我习见的学院人士大不相同，几杯下肚，忽然红上脸来，原来酒的力量竟是这么大的。起先，那些宽阔黧黑的脸不免不自觉地有一份面对台北人和读书人的卑抑，但一喝了酒，竟人人急着说起话来，说他们没有淡水的日子怎么苦，说淡水管如何修好了又坏了，说他们宁可倾家荡产，也不要天天开船到别的岛上去搬运淡水……

而他们嘴里所说的淡水，在台北人看来，也不过是咸涩难咽的怪味水罢了——只是于他们却是遥不可及的美梦。

我们原来只是想去捐书，只是想为孩子们设置阅览室，没有料到他们红着脸粗着脖子叫嚷的却是水！这个岛有个好听的名字，叫鸟屿，岩岸是美丽的黑得发亮的玄武石。浪大时，水珠会跳过教室直落到操场上来，澄莹的蓝波里有珍贵的丁香鱼，此刻餐桌上则是酥炸的海胆，鲜美的小鳒……然而这样一个岛，却没有淡水……

我能为他们做什么？在同盏共饮的黄昏，也许什么都不能，但至少我在这里，在倾听，在思索我能做的事……

读书，也是一种"在"。

有一年，到图书馆去，翻一本《春在堂笔记》，那是俞樾先生的集子，红绸精装的封面，打开封底一看，竟然从来也没人借阅过，真是"古来圣贤皆寂寞"啊！心念一动，便把书借回家去。书在，春在，但也要读者在才行啊！我的读书生涯竟像某些人玩"碟仙"，仿佛面对作者的精魄。对我而言，李贺是随召而至的，悲哀悼亡的时刻，我会说："我在这里，来给我念那首《苦昼短》吧！念'吾不识青天高，黄地厚，唯见月寒日暖，来煎人寿'。"读那首韦应物的《调笑令》的时候，我会轻轻地念："胡马胡马，远放燕支山下。跑沙跑雪独嘶，东望西望路迷。迷路迷路，边草无穷日暮。"一面觉得自己就是那从唐朝一直狂驰至今不停的战马，不，也许不是马，只是一股激情，被美所迷，被莽莽黄沙和胭脂红的落日所震慑，因而心绪万千，不知所止的激情。

看书的时候，书上总有绰绰人影，其中有我，我总在那里。

《旧约·创世记》里，堕落后的亚当在凉风乍至的伊甸园把自己藏匿起来。

上帝说："亚当，你在哪里？"

他嗫而不答。

如果是我，我会走出，说："上帝，我在，我在这里，请你看着我，我在这里。不比一个凡人好，也不比一个凡人坏，我有我的逊顺祥和，也有我的叛逆凶戾，我在我无限的求真求美的梦里，也在我脆弱不堪一击的人性里。上帝啊，俯察我，我在这里。"

"我在"，意思是说我出席了，在生命的大教室里。

几年前，我在山里说过的一句话容许我再说一遍，作为终响："树在。山在。大地在。岁月在。我在。你还要怎样更好的世界？"

我喜欢

我喜欢活着，生命是如此充满愉悦。

我喜欢冬天的阳光，在迷茫的晨雾中展开。我喜欢那份宁静淡远，我喜欢那没有喧哗的光和热，而当中午，满操场散坐着晒太阳的人，那种原始而纯朴的意象总深深地感动着我的心。

我喜欢在春风中踏过窄窄的山径，草莓像精致的红灯笼，一路殷勤地张结着。我喜欢抬头看树梢尖尖的小芽儿，极嫩的黄绿色中透着一派天真的粉红——它好像准备着要奉献什么，要展示什么。那柔弱而又生意盎然的风度，常在无言中教导我一些最美丽的真理。

我喜欢看一块平平整整、油油亮亮的秧田。那细小的禾苗密密地排在一起，好像一张多绒的毯子，是集许多翠禽的羽毛织成的，它总是激发我想在上面躺一躺的欲望。

我喜欢夏日的永昼，我喜欢在多风的黄昏独坐在傍山的阳台上。小山谷里的稻浪推涌，美好的稻香翻腾着。慢慢地，绚丽的云霞被浣净了，柔和的晚星遂一一就位。我喜欢观赏这样的布景，我喜欢坐在那舒服的包厢里。

我喜欢看满山芦苇，在秋风里凄然地白着。在山坡上，在水边上，美得那样凄凉。那次，刘告诉我他在梦里得了一句诗："雾树芦花连江白。"意境是美极了，平仄却很拗口。想凑成一首绝句，却又不忍心改它。想联成古风，又苦再也吟不出相当的句子。至今那还只是一句诗，一种美而孤立的意境。

我也喜欢梦，喜欢梦里奇异的享受。我总是梦见自己能飞，能跃过山丘和小河。我总是梦见奇异的色彩和悦人的形象。我梦见棕色的骏马，发亮的鬣毛在风中飞扬。我梦见成群的野雁，在河滩的丛草中歇宿。我梦见荷花海，完全没有边际，远远在炫耀着模糊的香红——这些，都是我平日不曾见过的。最不能忘记那次梦见在一座紫色的山峦前看日出——它原来必定不是紫色的，只是翠岚映着初升的红日，遂在梦中幻出那样奇特的山景。

我当然同样在现实生活里喜欢山，我办公室的长窗便是面山而开的。每次当窗而坐，总沉得满几尽绿，一种说不出的柔和。较远的地方，教堂尖顶的白色十字架在透明的阳光里巍立着，把蓝天撑得高高的。

我还喜欢花，不管是哪一种。我喜欢清瘦的秋菊，浓郁的玫瑰，孤洁的百合，以及幽娴的素馨。我也喜欢开在深山里不知名的小野花。十字形的、斛形的、星形的、球形的。我十分相信上帝在造万花的时候，赋予它们同样的尊荣。

我喜欢另一种花儿，是绽放在人们笑颊上的。当寒冷早晨我在巷子里，对门那位清癯的太太笑着说："早！"我就忽然觉得世界是这样的亲切，我缩在皮手套里的指头不再感觉发僵，空气里充满了和善。

当我到了车站开始等车的时候，我喜欢看见短发齐耳的中学生，那样精神奕奕的，像小雀儿一样快活的中学生。我喜欢她们美好宽阔而又明净的额头，以及活泼清澈的眼神。每次看着她们老让我想起自己，总觉得似乎我仍是她们中间的一个。仍然单纯地充满了幻想，仍然那样容易受感动。

当我坐下来，在办公室的写字台前，我喜欢有人为我送来当天的信件。我喜欢读朋友们的信，没有信的日子是不可想象的。我喜欢读弟弟妹妹的信，那些幼稚纯朴的句子，总是使我在泪光中重新看见南方那座燃遍凤凰花的小城。最不能忘记那年夏天，德从最高的山上为我寄来一片蕨类植物的叶子。在那样酷暑的气候中，我忽然感到甜蜜而又沁人的清凉。

我特别喜爱读者的信件，虽然我不一定有时间回复。每次捧读这些信件，总让我觉得一种特殊的激动。在这世上，也许有人已透过我看见一些东西。这不就够了吗？我不需要永远存在，我希望我所认定的真理永远存在。

我把信件分放在许多小盒子里，那些关切和怀谊都被妥善地保存着。

除了信，我还喜欢看一点书，特别是在夜晚，在一灯荧荧之下。我不是一个十分用功的人，我只喜欢词曲方面的书。有时候也涉及一些古拙的散文，偶然我也勉强自己看一些浅近的英文书，我喜欢他们文字变化的活泼。

夜读之余，我喜欢拉开窗帘看看天空，看看灿如满园春花的繁星。我更喜欢看远处山坳里微微摇晃的灯光。那样模糊，那样幽柔，是不是那里面也有一个夜读的人呢？

在书籍里面我不能自已地要喜爱那些泛黄的线装书，握着它就觉得握着一脉优美的传统，那涩黯的纸面蕴含着一种古典的美。我很自然地想到，有几个人执过它，有几个人读过它。他们也许都过去了。历史的兴亡、人物的迭代本是这样虚幻，唯有书中的智慧永远长存。

我喜欢坐在汪教授家中的客厅里，在落地灯的柔辉中捧一本线装的昆曲谱子。当他把旧得发亮的褐色笛管举到唇边的时候，我就开始轻轻地按着板眼唱起来，那柔美幽咽的水磨调在室中低回着，寂寞而空荡，像江南一池微凉的春水。我的心遂在那古老的音乐中体味到一种无可奈何的轻愁。

我就是这样喜欢着许多旧东西，那块小毛巾，是小学四年级参加儿童周刊父亲节征文比赛得来的；那一角花岗石，是小学毕业时和小曼敲破了各执一半的；那具布娃娃是我儿时最忠实的伴侣；那本毛笔日记，是七岁时被老师逼着写成的；那两支蜡烛，是我过二十岁生日的时候，同学们为我插在蛋糕上的……我喜欢这些财富，以至每每整个晚上都在痴坐着，沉浸在许多快乐的回忆里。

我喜欢翻旧相片，喜欢看那个大眼睛长辫子的小女孩。我特别喜欢坐在摇篮里的那张，那么甜美无忧的时代！我常常想起母亲对我说："不管你们将来遭遇什么，总是回忆起来，人们还有一段快活的日子。"是的，我骄傲，我有一段快活的日子——不只是一段，我相信那是一生悠长的岁月。

我喜欢把旧作品一一检视，如果我看出已往作品的缺点，我就高兴得不能自已——我在进步！我不是在停顿！这是我最快乐的事了，我喜欢进步！

我喜欢美丽的小装饰品，像耳环、项链和胸针。那样晶晶闪闪的、细细微微的、奇奇巧巧的。它们都躺在一个漂亮的小盒子里，炫耀着不同的美丽，我喜欢不时看看它们，把它们佩在我的身上。

我就是喜欢这么松散而闲适的生活，我不喜欢精密分配的时间，不喜欢紧张地安排节目。我喜欢许多不实用的东西，我喜欢有充足的沉思时间。

我喜欢晴朗的礼拜天清晨，当低沉的圣乐冲击着教堂的四壁，我就忽然升入另一个境界，没有纷扰，没有战争，没有嫉恨与恼怒。人类的前途有了新光芒，那种确切的信仰把我带入更高的人生境界。

我喜欢在黄昏时来到小溪旁。四顾没有人，我便伸足入水——那被夕阳照得极艳丽的溪水、细沙从我趾间流过，某种白花的瓣儿随波飘去，一会儿就幻灭了——这才发现那实在不是什么白花瓣儿，只是一些被石块激起来的浪花罢了。坐着，坐着，好像天地间流动着和暖的细流。低头沉吟，满溪红霞照得人眼花，一时简直觉得双足是浸在一钵花汁里呢！

我更喜欢没有水的河滩，长满了高及人肩的蔓草。日落时一眼望去，白石不尽，有着苍莽凄凉的意味。石块垒垒，把人心里慷慨的意绪也堆叠起来了。我喜欢那种情怀，好像在峡谷里听人喊秦腔，苍凉的余韵回转不绝。

我喜欢别人不注意的东西，像草坪上那株没有人理会的扁柏，那株瑟缩在高大龙柏之下的扁柏。每次我走过它的时候总要停下来，嗅一嗅那股清香，看一看它谦逊的神气。有时候我又怀疑它是不是谦逊，因为也许它根本不觉得龙柏的存在。又或许它虽知道有龙柏存在，也不认为伟大与平凡有什么两样——事实上伟大与平凡的确也没有什么两样。

我喜欢朋友，喜欢在出其不意的时候去拜访他们。尤其喜欢在雨天去叩湿湿的大门，在落雨的窗前话旧是多么美，记得那次到中部去拜访芷的山居，我永不能忘记她看见我时的惊呼。当她连跑带跳地来迎接我，山上阳光就似乎忽然炽燃起来了。我们走在向日葵的荫下，慢慢地倾谈着。那迷人的下午像一阕轻快的曲子，一会儿就奏完了。

我极喜欢，而又带着几分崇敬去喜欢的，便是海了。那辽阔，那淡远，都令我心折。而那雄壮的气象，那平稳的风范，以及那不可测的深沉，一直向人类做着无言的挑战。

我喜欢家，我从来还不知道自己会这样喜欢家。每当我从外面回来，一眼看到那窄窄的红门，我就觉得快乐而自豪，我有一个家多么奇妙！

我也喜欢坐在窗前等他回家来。虽然过往的行人那样多，我总能分出他的足音。那是很容易的，如果有一个脚步声，一入巷子就开始跑，而且听起来是沉重急速的大阔步，那就准是他回来了！我喜欢他把钥匙放进门锁中的声音，我喜欢听他一进门就喘着气喊我的英文名字。

我喜欢晚饭后坐在客厅里的时分。灯光如纱，轻轻地撒开。我喜欢听一些协奏曲，一面捧着细瓷的小茶壶暖手。当此之时，我就恍惚能够想象一些田园生活的悠闲。

我也喜欢户外的生活，我喜欢和他并排骑着自行车。当礼拜天早晨我们一起赴教堂的时候，两辆车子便并驰在黎明的道上，朝阳的金波向两旁溅开，我遂觉得那不是一辆脚踏车，而是一艘乘风破浪的飞艇，在无声的欢唱中滑行。我好像忽然又回到刚学会骑车的那个年龄，那样兴奋，那样快活，那样唯我独尊——我喜欢这样的时光。

我喜欢多雨的日子。我喜欢对着一盏昏灯听檐雨的奏鸣。细雨如丝，如一天轻柔的叮咛。这时候我喜欢和他共撑一柄旧伞去散步。伞际垂下晶莹成串的水珠——一幅美丽的珍珠帘子。于是伞下开始有我们宁静隔绝的世界，伞下缭绕着我们成串的往事。

我喜欢在读完一章书后仰起脸来和他说话，我喜欢假想许多事情。

"如果我先死了，"我平静地说着，心底却泛起无端的哀愁，"你要怎么样呢？"

"别说傻话，你这憨孩子。"

"我喜欢知道，你一定要告诉我，如果我先死了，你要怎么办？"

他望着我，神色愀然。

"我要离开这里，到很远的地方去，去做什么，我也不知道，总之，是很遥远的很蛮荒的地方。"

"你要离开这屋子吗？"我急切地问，环视着被布置得像一片紫色梦谷的小屋。我的心在想象中感到一种剧烈的痛楚。

"不，我要拼着命去赚很多钱，买下这栋房子。"他慢慢地说，声音忽然变得凄怆而低沉：

"让每一样东西像原来那样被保持着。哦，不，我们还是别说这些傻话吧！"

我忍不住潸泪泫然了，我不明白，为什么我喜欢问这样的问题。

"哦，不要痴了，"他安慰着我，"我们会一起死去的。想想，多美，我们要相偕着去参加天国的盛会呢！"

我喜欢相信他的话，我喜欢想象和他一同跨入永恒。

我也喜欢独自想象老去的日子，那时候必是很美的。就好像夕晖满天的景象一样。那时再没有什么可争夺的，可流连的。一切都淡了，都远了，都漠然无介于心了。那时候智慧深邃明彻，爱情渐渐醇化，生命也开始慢慢蜕变，好进入另一个安静美丽的世界。啊，那时候，那时候，当我抬头看到精金的大道，碧玉的城门，以及千万只迎我的号角，我必定是很激励而又很满足的。

我喜欢，我喜欢，这一切我都深深地喜欢！我喜欢能在我心里充满着这样多的喜欢！

种种有情

　　有时候，我到水饺店去，饺子端上来的时候，我总是怔怔地望着那一个个透明饱满的形体，北方人叫它"冒气的元宝"，其实它比冷硬的元宝好多了，饺子自身是一个完美的世界，一张薄茧，包覆着简单而又丰盈的美味。

　　我特别喜欢看的是捏合饺子边皮留下的指纹，世界如此冷漠，天地和文明可能在一刹那之间化为灰烬，但无论如何，当我坐在桌前，上面摆着的某个人亲手捏合的饺子，热雾腾腾中，指纹美如古陶器上的雕痕，吃饺子简直可以因此神圣起来。

　　"手泽"为什么一定要拿来形容书法呢？一切完美的留痕，甚至饺子皮上的指纹不都是美丽的手泽吗？我忽然感到万物的有情。

　　巷口一家饺子馆的招牌是正宗川味山东饺子馆，也许是一个四川人和一个山东人合开的。我喜欢那招牌，觉得简直可以画入《清明上河图》，那上面还有电话号码，前面注着 TEL，算是有了三个英文字母，至于号码本身，写的当然是阿拉伯文，一个小招牌，能涵容了四川、山东、中文、阿拉伯（数）字、英文，不能不说是一种可爱。

校车反正是每天都要坐的，而坐车看书也是每天例有的习惯。有一天，车过中山北路，劈头栽下一片叶子竟把手里的宋诗打得有了声音，多么令人惊异的断句法。

原来是从通风窗里掉下来的，也不知是刚刚新落的叶子，还是某棵树上的叶子在某时候某地方，偶然憩在偶过的车顶上，此刻又偶然掉下来的。我把叶子揉碎，它是早死了，在此刻，它的芳香在我的两掌复活，我揸开微绿的指尖，竟恍惚自觉是一棵初生的树，并且刚抽出两片新芽，碧绿而芬芳，温暖而多血，镂饰着奇异的脉络和纹路，一叶在左，一叶在右，我是庄严地合着掌的一截新芽。

两年前的夏天，我们到堪萨斯去看朱和他的全家——标准的神仙眷属，博士的先生，硕士的妻子，数目"恰恰好"的孩子，可靠的年薪，高尚住宅区里的房子，房子前的草坪，草坪外的绿树，绿树外的蓝天……

临行，打算合照一张，我四下浏览，无心地说：

"啊，就在你们这棵柳树下面照好不好？"

"我们的柳树？"朱忽然回过头来，正色地说，"什么叫我们的柳树？我们反正是随时可以走的！我随时可以让它不是'我们的柳树'。"

一年以后，他们全家都回来了，不知堪萨斯城的那棵树如今属于谁——但朱属于这块土地，他的门前不再有柳树了，他只能把自己栽成这块土地上的一片绿意。

春天，中山北路的红砖道上有人手拿着用粗绒线做的长腿怪鸟在兜卖，风吹着鸟的瘦胫，飘飘然好像真会走路的样子。

有些外国人忍不住停下来买一只。

忽然，有个中国女人停了下来，她不顶年轻，三十岁左右，一看就知是由于精明干练日子过得很忙碌的女人。

"这东西很好，"她抓住小贩，"一定要外销，一定赚钱，你到××路××巷×号二楼上去，一进门有个×小姐，你去找她，她一定会想办法给你弄外销！"

然后她又回头重复了一次地址，才放心地走开。

中国台湾怎能不富，连路上不相干的路人也会指点别人怎么做外销。其实，那种东西厂商也许早就做外销了，但那女人的热心，真是可爱得紧。

暑假里到中部乡下去，弯入一个岔道，在一棵大榕树底下看到一个身架特别小的孩子，把几根绳索吊在大树上，他自己站在一张小板凳上，结着简单的结，要把那几根绳索编成一个网花盆的吊篮。

他的母亲对着他坐在大门口，一边照顾着杂货店，一边也编着美丽的结，蝉声满树，我停下来和那妇人搭讪，问她卖不卖，她告诉我不能卖，因为厂方签好契约是要外销的。带路的当地朋友说他们全是不露声色的财主。

我想起那年在美国逛梅西百货公司，问柜台小姐那台录音机是不是中国台湾做的，她回了一句：

"当然，反正什么都是日本跟中国台湾来的。"

我一直怀念那条乡下无名的小路，路旁那一对富足的母子，以及他们怎样在满地绿荫里相对坐编那织满了蝉声的吊篮。

我习惯请一位姓赖的油漆工人，他是客家人，哥哥做木工，一家人彼此生意都有照顾。有一年我打电话找他们，居然不在，因为到关岛去做工程了。

过了一年才回来。

"你们也是要三年出师吧？"有一次我没话找话跟他们闲聊。

"不用，现在两年就行。"

"怎么短了？"

"当然，现代人比较聪明！"

听他说得一本正经，我顿时对人类前途都乐观了起来，现代的学徒不用生炉子，不用倒马桶，不用替老板娘抱孩子，当然两年就行了。

我一直记得他们一口咬定现代人比较聪明时脸上那份尊严的笑容。

老王是一个包工头，圆滚滚的身材加上圆头圆脸圆眼睛——甚至还有个圆鼻子。

可是我一直觉得他简直诗意得厉害。

一张估价单，他也要用毛笔写，还喜欢盯着人问："怎么？这笔字不顶难看吧？"

碰到承包大工程，他就要一个人躲到乌来去，在青山绿水之间仔细推敲工和料的盈亏。

有一次，偶然闲谈，他兴高采烈地提到他在某某地方做过工程。那是一个军事单位。

"有人说那里有核子弹，你看到没有？"

"当然有！"

"有，又怎么会让你看见？"我笑了起来。

"老实说，我也没看见，"他也笑起来，不过仍是理直气壮的，"不过，有，我也说有；没有，我也说有；反正我就是硬要说它有。我们做老百姓的就是这样。"

有没有核子弹忽然变得不重要，有老王这样的人才是件可爱的事。

学校下面是一所大医院，黄昏的时候，病人出来散步，有些探病的人也三三两两地散步。

那天，我在山径上便遇见了几个这样的人。

习惯上，我喜欢走慢些去偷听别人说话。

其中有一个人，抱怨钱不经用，抱怨着抱怨着，像所有的中老年人一样，话题忽然就回到四十年前一块钱能买几百个鸡蛋的老故事上去了。

忽然，有一个人憋不住地叫了起来：

"你知道吗？抗战前，我念初中，有一次在街上捡到一张钱，哎呀，后来我等了一个礼拜天，拿着那张钱进城去，吃了馆子，又吃了冰激凌，又买了球鞋，又买了字典，又看了电影，哎呀，钱居然还没有花完呐……"

山径渐高，黄昏渐冷。

我驻下脚，看他们渐渐走远，不知为什么，心中涌满了对黄昏时分霜鬓的陌生客的关爱，四十年前的一个小男孩，曾被突来的好运弄得多么愉快，四十年后山径上薄凉的黄昏，他仍然不能忘记……不知为什么，我忽然觉得那人只是一个小男孩，如果可能，我愿意自己是那掉钱的人，让人世中平白多出一段传奇故事……

无论如何，能去细细体味另一个人的惆怅也是一件好事。

元旦的清晨，天气异样的好，不是风和日丽的那种好，是晴朗见底毫无渣滓的一种澄澈。我坐在计程车上赶赴一个会，路遇红灯时，车龙全停了下来，我无聊地探头窗外，只见两个年轻人骑着摩托车，其中一个说了几句话忽然兴奋地大叫起来："真是个好主意啊！"我不知他们想出了什么好主意，但看他们阳光下无邪的笑脸，也忍不住跟着高兴起来，不知道他们的主意是什么，但能在偶然的红灯前遇见一个以前没见过以后也不会见到的人真是一个奇异的机缘。他们的脸我是记不住的，但那不重要，重要的是我记得他们石破天惊的欢呼，他们或许去郊游，或许去野餐，或许去访问一个美丽的笑靥如花的女孩，他们有没有得到他们预期的喜悦，我不知道，但至少我得到了，我惊喜于我能分享一个陌路的未曾成形的喜悦。

有一次，路过香港，有事要和乔宏的太太联络，习惯上我喜欢凌晨或午夜打电话——因为那时候忙碌的人才可能在家。

"你是早起的还是晚睡的？"

她愣了一下。

"我是既早起又晚睡的，孩子要上学，所以要早起；丈夫要拍戏，所以要晚睡——随你多早多晚打来都行。"

这次轮到我愣了，她真厉害，可是厉害的不止她一个人。其实，所有为人妻、为人母的大概都有这份本事——只是她们看起来又那样平凡，平凡得自己都弄不懂自己竟有那么大的本领。

女人，真是一种奇怪的人，她可以没有籍贯、没有职业，甚至没有名字地跟着丈夫活着，她什么都给了人，她年老的时候拿不到一文退休金，但她却活得那么有劲头，她可以早起可以晚睡，可以吃得极少，可以永无休假地做下去。她一辈子并不清楚自己是在付出还是在拥有。

资深主妇真是一种既可爱又可敬的角色。

文艺会谈结束的那天中午，我因为要赶回宿舍找东西，午餐会迟到了三分钟，慌慌张张地钻进餐厅，席次都坐好了，已经开始吃了，忽然有人招呼我过去坐，那里刚好空着一个座位，我就不加考虑地走过去了。

等走到面前，我才呆了，那是谢东闵先生右首的位子，刚才显然是由于大家谦虚而变成了空位，此刻却变成了我这个冒失鬼的位子，我浑身不自在起来，跟"大官"一起总是件令人手足无措的事。

忽然，谢先生转过头来向我道歉：

"我该给你夹菜的，可是，你看，我的右手不方便，真对不起，不能替你服务了。你自己要多吃点。"

我一时傻眼望着他，以及他的手，不知该说什么。那只伤痕犹在的手忽然美丽起来，炸得掉的是手指，炸不掉的是一个人的风格和气度。我拼命忍住眼泪，我知道，此刻，我不是坐在一个"大官"旁边，而是一个温煦的"人"旁边。

经过火车站的时候，我总忍不住要去看留言牌。

那些粉笔字不知道铁路局允许它们保留半天还是一天，它们不是宣纸上的书法，不是金石上的篆刻，不是小笺上的墨痕，它们注定立刻便要消逝——但它们存在的时候，是多好的一根丝缕，就那样绾住了人间种种的牵牵绊绊。

我竟把那些句子抄了下来：

> 缎：久候未遇，已返，请来龙泉见。
>
> 春花：等你不见，我走了（我两点再来）。荣。
>
> 展：我与姨妈往内埔姐家，晚上九时不来等你。

每次看到那样的字总觉得好，觉得那些不遇、焦灼、愚痴中也自有一份可爱，一份人间的必要的温度。

还有一个人，也不署名，也没称谓，只扎手扎脚地写了"吾走矣"三个大字，板黑字白，气势好像要突破挂板飞去的样子。也不知道究竟是写给某一个人看的，还是写给过往来客的一句诗偈，总之，令人看得心头一震！

《红楼梦》里麻鞋鹑衣的疯道人可以一路唱着《好了歌》，告诉世人万般"好"都是因为"了断"尘缘，但为什么要了断呢？每次我望着大小驿站中的留言牌，总觉万般的好都是因为不了不断，不能割舍而来的。

　　天地也无非是风雨中的一座驿亭，人生也无非是种种羁心绊意的事和情，能题诗在壁总是好的！

种种可爱

作为一个小市民有种种令人生气的事——但幸亏还有种种可爱，让人忍不住地高兴。

中华路有一家卖蜜豆冰的——蜜豆冰原来是属于台中的东西（木瓜牛奶也是），但不知什么时候台北也都有了——门前有一副对联，对联的字写得普普通通，内容更谈不上工整，却是情婉意贴，令人动容。

上句是："我们是来自淳朴的小乡村。"

下句是："要做大台北无名的耕耘者。"

店名就叫"无名蜜豆冰"。

台北的可爱就在各行各业间平起平坐的大气象。

永康街有一家卖面的，门面比摊子大、比店小，常在门口换广告词，冬天是"100℃的牛肉面"。

春天换上"每天一碗牛肉面，力拔山河气盖世"。

这比"日进斗金"好多了，我每看一次简直就对白话文学多生出一分信心。

好几年前，我想找一个洗衣兼打扫的半工。介绍人找了一位洗衣妇来。

"反正你洗完了我家也是去洗别人家的，何不洗完了就替我打扫一下，我会多算钱的。"

她小声地咕哝了一阵，介绍人郑重宣布：

"她说她不扫地——因为她的兴趣只在洗衣服。"

我起先几乎大笑，但接着不由得一凛：原来洗衣服也可以是一个人认真的"兴趣"。

原来即使是在"洗衣"和"扫地"之间，人也要有其一本正经的抉择——有抉择才有自主的尊严。

带一位中国香港的朋友坐计程车去找一个地方，那条路特别不好找，计程车司机找过了头，然后又折回来。

下车的时候，他坚持要扣下多绕了冤枉路的钱。

"是我看错才走错的，怎么能收你们的钱？"

后来死推活拉，总算用折中的办法，把争执的差额付了。中国香港的朋友简直看得愣住了，我觉得大有面子。

祝福那位司机。

我家附近有一个卖水果的，本来卖许多种水果，后来改了，只卖木瓜，见我走过，总要说一句：

"老师，我现在卖木瓜了——木瓜专科。"

又过了一阵，他改口说：

"老师，现在更进步了，是木瓜大学了。"

我喜欢他那骄矜自喜的神色，喜欢他四个肤色润泽、活蹦乱跳的孩子——大概都是木瓜大学作育有功吧？

隔巷有位老太太，祭祀很诚，逢年过节总要上供。有一天，我经过她设在门口的供桌，大吃一惊，原来她上供的主菜竟是洋芋沙拉，另外居然还有罐头。

后来想想，倒也发觉她的可爱，活人既然可以吃沙拉和罐头，让祖宗或神仙换换口味有何不可？

她的没有章法的供菜倒是有其文化交流的意义了。

从前，在中华路平交道口，总是有个北方人在那里卖大饼，我从来没有见过那种大饼整个一块到底有多大，但从边缘的弧度看来直径总超过二尺。

我并不太买那种饼，但每过几个月我总不放心地要去看一眼，我怕吃那种饼的人愈来愈少，卖饼的人会改行。我这人就是"不放心"（和平东路拓宽时，我很着急，生怕师大当局一时兴起，把门口那开满串串黄花的铁刀木砍掉，后来一探还在，高兴得要命）。

那种硬硬厚厚的大饼对我而言差不多是有生命的，北方黄土高原上的生命，我不忍看它在中华路慢慢绝种。

后来不知怎么搞的，忽然满街都在卖那种大饼，我安心了，真可爱，真好，有一种东西暂时不会绝种了！

华西街是一条好玩的街，儿子对毒蛇发生强烈兴趣的那一阵子我们常去。我们站在毒蛇店门口，一家一家地去看那些百步蛇、眼镜蛇、雨伞节……

"那条蛇毒不毒？"我指着一条又粗又大的问店员。

"不被咬到就不毒！"没料到是这样一句回话，我为之暗自感叹不已。其实，世事皆可作如是观。有浪，但船没沉，何妨视作无浪；有陷阱，但人未失足，何妨视作坦途。

我常常想起那家蛇店。

有一天在一家公司的墙上看到这样一张小字条：

"请随手关灯，节约能源，支援十大建设。"

看了以后，一下子觉得十大建设好近好近，好像就是家里的事，让人觉得就像自家厨房里要添抽风机或浴室里要添热水炉，或饭厅里要添冰箱的那份热闹亲切的喜气——有喜气就可以省着过日子，省得扎实有希望。

为了整修"我们咖啡屋"，我到八斗子渔港去买渔网，渔网是棉纱的，用山上采来的一种植物染成赭红色，现在一般都用尼龙的了，那种我想要的老式的棉纱渔网已成古董。

终于找到一家有老渔网的，他们也是因为舍不得，所以许多年来一直没丢，谈了半天他们决定了价钱：

"二角三！"

二角三就是二千三百的意思，我只听见城里市面上的生意人把一万说成一块，没想到在偏僻的八斗子也是这样说的，大家说到钱的时候，全都不当回事，总之是大家都有钱了，把一万元说成一块钱的时候，颇有那种偷偷地志得意满而又谦逊不露的劲头。

有一阵子，我的公交月票掉了，还没补办好再买的手续以前，我只好每次买票——但是因为平时没养成那份习惯，每看见车来，很自然地跳上去了，等发现自己没有月票，已经人在车上了。

这种时候，车掌多半要我就便在车上跟其他乘客买票——我买了，但等我付钱时那些买主竟然都说："算了，不要钱了。"一次犹可，连着几次都是这样，使我着急起来，那么多好人，令人"无所逃于天地之间"，长此以往，我岂不成了"免费乘车良策"的发明人了，老是遇见好人也真是让人非常吃不消的事。

我的月票始终没去补办，不过却幸运地被捡到的人辗转寄回来了，我可以高高兴兴地不再受惠于人了——不过偶然想起随便在车上都能遇见那么多肯"施惠于人"的好人，可见好人倒也不少，台北究竟还是个适合人住的地方。

在一家最大规模的公立医院里，看到一个牌子，忍不住笑了起来，那牌子上这样写着：

"禁止停车，违者放气。"

我说不出地喜欢它！

老派的公家机关，总不免摆一下衙门脸，尽量在口气上过官瘾，碰到这种情形，不免要说：

"违者送警"或"违者法办"。

美国人比较干脆，只简简单单两个大字"No Parking"——"勿停"。

但口气一简单就不免显得太硬。

还是"违者放气"好，不凶霸不懦弱，一点不涉于官方口吻，而且憨直可爱，简直有点孩子气的作风——而且想来这办法绝对有效。

有个朋友姓李，不晓得走路的习惯是偏于内八字还是外八字——总之，他的鞋跟老是磨得内外侧不一样厚。

他偶然找到一个鞋匠，请他换鞋跟，很奇怪的，那鞋匠注视了一下，居然说："不用换了，只要把左右互调一下就是了。反正你的两块鞋跟都还有一半是好用的！"

朋友大吃一惊，好心劝告他这样处处替顾客打算，哪里有钱赚，他却也理直气壮：

"该赚的才赚，不该赚的就不赚——这块鞋底明明还能用。"

朋友刮目相看，然后试探性地问他：

"做了一辈子事，退了役还得补鞋，政府真对不起你。"

"什么？人人要这样一想还得了，其实只有我们对不起政府，政府哪有什么对不起我们的。"

朋友感动不已，嗫嗫嚅嚅地表示要送他一套旧西装（他真的怕会侮辱他），他倒也坦然接受了。

不知为什么，朋友说这故事给我听的时候，我也不觉陌生，而且真切得有如今天早晨我才看过那老鞋匠似的。

有一次在急诊室看医生急救病人，病人已经昏迷了，氧气罩也没用了。医生狠劲地用一个类似皮球的东西往里面压缩氧气。

至少是呼吸系统有毛病。

两个医生轮流压，像打仗似的。

渐渐地，他清醒了，但仍说不出话来，医生只好不断发问来让他点头摇头，大概问十几个问题才碰得上一个点头的答案。

他是在路上发病的，一个亲人也没有，送他来的是一个不相干的人。

后来发现他可以写字——虽然他眼睛一直是闭着的。

医生问他的病历，问他是不是服过某些成药，问他现在的感觉，忽然，那医生惊喜地叫了一声：

"写下去，写下去，再写！你写得真好——哎，你的字好漂亮。"

整个急救的过程，我都一面看一面佩服，但是当他用欢呼的声音去赞美那病人不成笔画的字的时候，我却为之感动得哽咽起来。

病人果真一路写下去。

也许那病人想起了什么，虽然闭着眼睛，躺在床上仰面而写，手是从生死边缘被救回来的颤抖不已的手——但还有人在赞美他的字！也许是颜体的，也许是柳体的，也许什么都不是，只是一个活着的人写的字，可贵的是此刻他的字是"被赞美的字"。

那医生救人的技能来自课本，但他赞美病人的字迹却来自智慧和爱心，后者更足以使整个急救室像殿堂一样的神圣肃穆起来。

在澄清湖的小山上爬着，爬到顶，有点疑惑不知该走哪一条路回去，问道于路旁的一个老兵。

那人简直不会说话得出奇，他说：

"看到路——就走，看到路——就走，再看到路——再走，就到了。"

我心里摇头不已，怎么碰到这么呆的指路人！

赌气回头自己走，倒发现那人说得也没错，的确是"看到路——就走"，渐渐地，也能咀嚼出一点那人言语中的诗意来。天下事无非如此，"看到路——就走"，哪有什么一定的金科玉律，一部《二十五史》岂不是有路就走——没有路就开路，原来万物的事理是可以如此简单明了——简单明了得有如呆人的一句呆话。

西谚说，把幸运的人丢到河里，他都能口衔宝物而归。我大概也是幸运的人，生活在这座城里，虽也有种种倒霉事，但奇怪的是，我记得住的而且在心中把玩不已的全是这些可爱的片段！这些从生活的渊泽里捞起来的种种不尽的可爱。

初心

"初，裁衣之始也。"文字学的书上如此解释。

人生一世，亦如一匹辛苦织成的布，一刀下去，一切就都裁就了。

"初、哉、首、基、肇、祖、元、胎……"

因为书是新的，我翻开来的时候也就特别慎重。书本上的第一页第一行是这样的："初、哉、首、基、肇、祖、元、胎……始也。"

那一年，我十七岁，望着《尔雅》这部书的第一句话而愕然，这书真稀奇古怪啊！把"初"和一堆"初的同义词"并列卷首，仿佛立意要用这一长串"起始"之类的字来做整本书的起始。

也是整其中国文化的起始和基调吧？我有点敬畏起来了。

想起另一部书，《圣经》，也是这样开头的：

起初，神创造天地。

真是简明又壮阔的大笔，无一语修饰形容，却是元气淋漓，如洪钟之声，震耳贯心，令人读着读着竟有坐不住的感觉，所谓壮志陡生，有天下之志，就是这种心情吧！寥寥数字，天工已竟，令人想见日之初升，海之初浪，高山始突，峡谷乍裂，以及大地寂然等待小草涌腾出土的一刹那！

　　而那一年，我十七，刚入中文系，刚买了这本古代第一部字典《尔雅》，立刻就被第一页第一行迷住了，我有点喜欢起文字学来了。真好，中国人最初的一本字典（想来也是世人的第一本字典），它的第一个字就是"初"。

　　"初，裁衣之始也。"文字学的书上如此解释。

　　我又大为惊动，我其时已略有训练，知道每一个中国文字背后都有一幅图画，但这"初"字背后不只一幅画，而是长长的一幅卷轴。想来当年造字之人初造"初"字的时候，也是煞费苦心之余的神来之笔。"初"这件事无形可绘，无状可求，如何才能追踪描摹？

　　他想起了某个女子的动作，也许是母亲，也许是妻子，那样慎重地先从纺织机上把布取下来，整整齐齐的一匹布，她手握剪刀，当窗而立，她屏息凝神，考虑从哪里下刀，阳光把她微微毛乱的鬓发渲染成一轮光圈。她用神秘而多变的眼光打量着那整匹布，仿佛在主持一项典礼。其实她努力要决定的只不外是究竟该先做一件孩子的小衫好呢，还是先裁自己的一幅裙子？一匹布，一如渐渐沉黑的黄昏，有一整夜的美梦可以预期——当然，也有可能是噩梦，但因为有可能成为噩梦，美梦就更值得去渴望——而在她思来想去的当际，窗外陆陆续续流溢而过的是初春的阳光，是一批一批的风，是雏鸟拿捏不稳的初鸣，是天空上一匹复一匹不知从哪一架纺织机里卷出的浮云。

那女子终于下定决心，一刀剪下去，脸上有一种近乎悲壮的决然。

"初"字，就是这样来的。

人生一世，亦如一匹辛苦织成的布，一刀下去，一切就都裁就了。

整个宇宙的成灭，也可视为一次女子的裁衣啊！我爱上"初"这个字，并且提醒自己，每个清晨都该恢复为一个"初人"；每一刻，都要维护住那一片初心。

初发芙蓉

《颜延之传》（《南史》）里这样说：

> 延之尝问鲍照，己与灵运优劣，照曰："谢五言如初发芙蓉，自然可爱。君诗如铺锦列绣，亦雕缋满眼。"

六朝人说的芙蓉即是荷花，鲍照用"初发芙蓉"比谢灵运，实在令人羡慕，其实"像荷花"不足为奇，能像"初发芙蓉"才令人神思飞驰。灵运一生独此四字，也就够了。

后来的文学批评也爱沿用这字眼，周济《介存斋论词杂著》中论晚唐韦庄的词便说：

> 端己词清艳绝伦，初日芙蓉春日柳，使人想见风度。

中国人没有什么"诗之批评"或"词之批评"，只有"诗话""词话"，而词话好到如此，其本身已凝聚饱实，且华丽如一则小令。

清露晨流新桐初引

《世说新语》里有一则故事，说到王恭和王忱原是好友，以后却因政治上的芥蒂而分手。只是每次遇见良辰美景，王恭总会想到王忱。面对山石流泉，王忱便恢复为王忱，是一个精彩的人，是一个可以共享无限清机的老友。

有一次，春日绝早，王恭独自漫步到幽极胜极之处，书上记载说：

> 于时清露晨流，新桐初引。

那被人爱悦，被人誉为"濯濯如春月柳"的王恭突然怅怅然冒出一句："王大故自濯濯。"语气里半是生气半是爱惜，翻译成白话就是："唉，王大那家伙真没话说——实在是出众！"

不知道为什么，作者在描写这段微妙的人际关系时，把周围环境也一起写进去了。而使我读来怦然心动的也正是那段"于时清露晨流，新桐初引"的附带描述。也许不是什么惊心动魄的大景观，只是一个序幕初启的清晨，只是清晨初初映着阳光闪烁的露水，只是露水装点下的桐树初抽了芽，遂使得人也变得纯洁灵明起来，甚至强烈地怀想那个有过嫌隙的朋友。

李清照大约也被这光景迷住了，所以她的《念奴娇》里竟把"清露晨流，新桐初引"的句子全搬过去了。一颗露珠，从六朝闪到北宋，一叶新桐，在安静的扉页里晶薄透亮。

我愿我的朋友也在生命中最美好的片刻想起我来。在一切天清地廓之时，在叶嫩花初之际，在霜之始凝，夜之始静，果之初熟，茶之方馨。在船之启碇，鸟之回翼，在婴儿第一次微笑的一刹那，想及我。

如果想及我的那人不是朋友，而是敌人（如果我有敌人的话），那也好——不，也许更好，嫌隙虽深，对方却仍会想及我，一定因为我极为精彩。当然，也因为一片初生的桐叶是那么好，好得足以让人有气度去欣赏仇敌。

当下

"当下"这个词，不知可不可以被视为人间最美丽的字眼？

她年轻、美丽、被爱，然而，她死了。

她不甘心，这一点，天使也看得出来。于是，天使特别恩准她遁回人世，她并且可以在一生近万个日子里任挑一天，去回味一下。

她挑了十二岁生日的那一天。

十二岁，艰难的步履还没有开始，复杂的人生算式才初透玄机，应该是个值得重温的黄金时段。

然而，她失望了。十二岁生日的那天清晨，母亲仍然忙得像一只团团转的母鸡，没有人有闲暇可以多看她半眼，穿越时光回奔而来的女孩，惊愕万分地看着家人，不禁哀叹：

这些人活得如此匆忙，如此漫不经心，仿佛他们能活一百万年似的。他们糟蹋了每一个"当下"。

以上是美国剧作家怀尔德的作品《小镇》里的一段。

是啊,如果我们可以活一千年,我们大可以像一株山巅的红桧,扫云拭雾,卧月眠霜。

如果我们可以活一万年,那么我们亦得效悠悠磐石,冷眼看哈雷彗星以七十六年为一周期,旋生旋灭。并且翻览秦时明月、汉代边关,如翻阅手边的零散手札。

如果可以活十万年呢?那么就做冷冷的玄武岩岩岬吧,纵容潮汐的乍起乍落,浪花的忽开忽谢,岩岬只一径兀然枯立。

果真可以活一百万年,你尽管学大漠沙砾,任日升月沉,你只管寂然静阒。

然而,我们只拥有百年光阴。其短促倏忽——照《圣经》形容——只如一声喟然叹息。

即使百年,元代曲家也曾给它做过一番质量分析,那首曲子翻成白话便如下文:

> 号称人生百岁,其实能活到七十也就算古稀了,其余三十年是个虚数啦。
>
> 更何况这期间有十岁是童年,糊里糊涂,不能算数。后十载呢?又不免老年痴呆,严格来说,中间五十年才是真正的实数。

而这五十年，又被黑夜占掉了一半。

剩下的二十五年，有时刮风，有时下雨，种种不如意。

至于好时光，则飞逝如奔兔，如迅鸟，转眼成空。

仔细想想，都不如抓住此刻，快快活活过日子划得来。

元曲的话说得真是白，真是直，真是痛快淋漓。

万古乾坤，百年身世。且不问美人如何一笑倾国，也不问将军如何引箭穿石。帝王将相虽然各自有他们精彩的脚步，犀利的台词，我们却只能站在此时此刻的舞台上，在灯光所打出的表演区内，移动我们自己的台步，演好我们的角色，扣紧剧情，一分不差。人生是现场演出的舞台剧，容不得NG再来一次，你必须演好当下。

生有时，死有时

栽种有时，拔毁有时

……

哭有时，笑有时

哀恸有时，欢跃有时

抛有时，聚有时

寻获有时，散落有时

得有时，舍有时

……

爱有时，恨有时

战有时，和有时

以上的诗，是号称智慧国王所罗门的歌。那歌的结论，其实也只是在说明，人在周围种种事件中行过，在每一记"当下"中完成其生平历练。

"当下"，应该有理由被视为人间最美丽的字眼吧？

"你的侧影好美！"

中午在餐厅吃完饭，我慢慢地喝下那杯茶，茶并不怎么好，难得的是那天下午并没有什么赶着做的事，因此就慢慢地一口一口地啜着。

柜台那里有个女孩在打电话，这餐厅的外墙整个是一面玻璃，阳光流泻一室。有趣的是那女孩的侧影便整个印在墙上，她人长得平常，侧影却极美。侧影定在墙上，像一幅画。

我坐着，欣赏这幅画，奇怪，为什么别人都不看这幅美人图呢？连那女孩自己也忙着说个不停，她也没空看一下自己美丽的侧影。而侧影这玩意儿其实也很诡异，它非常不容易被本人看到。你一转头去看它，它便不是完整的侧影了，你只能斜眼去偷瞄自己的侧影。

我又坐了一会儿，餐厅里的客人或吃或喝——他们显然都在做他们身在餐厅该做的事。女孩继续说个不停，我则急我的事，我的事是什么事呢？我在犹豫要不要跑去告诉那女孩关于她侧影的事。

她有一个极美的侧影，她自己到底知道不知道呢？也许她长到这么大都没人告诉过她，如果我不告诉她，会不会她一生都不知道这件事？

　　但如果我跑去告诉她，她会不会认为我神经兮兮，多管闲事？

　　我被自己的假设苦恼着，而女孩的电话看样子是快打完了。我必须趁她挂上电话却犹站在原来位置的时候告诉她。如果她走回自己座位我再拉她站回原地去表演侧影，一切就不再那么自然了。

　　我有点气自己。小小一件事，我也思前想后，拿捏不出个主意来。啊！干脆老实承认吧！我就是怕羞，怕去和陌生人说话，有这毛病的也不只我一个人吧！好，管他的，我且站起来，走到那女孩背后，破釜沉舟，我就专等她挂电话。

　　她果真不久就挂了电话。

　　"小姐！"我急急叫住她，"我有一件事要告诉你……"

　　"哦……"她有点惊讶，不过旋即打算听我的说辞。

　　"你知道吗？你的侧影好美，我建议你下次带一张纸，一支笔，把你自己在墙上的侧影描下来……"

　　"啊！谢谢你告诉我。"她显然是惊喜的，但她并没有大叫大跳。她和我一样，是那种含蓄不善表达的人。

　　我走回座位，吁了一口气。我终于把我要说的说了，我很满意我自己。

　　"对！其实我这辈子该做的事就是去告诉别人他所不知道的自己的美丽侧影。"

属于一枚咸鸭蛋的单纯

因为端午节来了，我遂下决心要去弄一只上好的咸鸭蛋来吃吃。

小小的一枚咸蛋，如果也要用"下决心"三字，未免言重了，但事实上却又的确如此。试想一个人生活里填满了堂皇的"正经事"，诸如上课、演讲、撰稿，"买咸蛋"的愿望遂变得非常卑微而不入流——可是，我真的想吃一只单纯腴美的咸鸭蛋啊！

咸蛋真的买来了，在端午节的前一日，我端坐桌上觉得自己能安安静静吃一只咸蛋来配白饭，真是一件端午节的端正行为——相较于复杂的满桌盛馔。

所谓好咸蛋，不过是一枚好蛋，一把好盐，加上一点时间而已——奇怪的是市面上竟有九成以上的咸蛋完全不好吃。别说蛋，就连一碗好饭也难求，有一次在竹南山区里吃到极好的饭，于是惊问：

"这米哪儿来的，何处可以买？"

回答说：

"这是自己种的，不卖。留着自己吃。"

好咸蛋隔着蛋壳也能看见里面橙红橙红的卵仁，油滋含润，像云絮中裹着的一轮旭日，清而艳。

这小小的掌中旭日却也自有它的尊严，它必须单纯地活着，才有意义。把咸蛋和清粥或干饭并列，自有无限田园佳趣。但如果放它在茄汁明虾或北京烤鸭旁边，它立刻变得什么也不是了，恰如草莽布衣，一入庙堂便生机矿尽。

我只想单纯，而只求单纯的愿望，如今看来，好像也竟不单纯了。

我有一个梦

不要有所期有所待，这样，你便不会忧伤。不要有所系有所思，否则，你便成不赦的囚徒。

画晴

落了许久的雨，天忽然晴了。心理上就觉得似乎捡回了一批失落的财宝，天的蓝宝石和山的绿翡翠在一夜之间又重现在晨窗中了。阳光倾注在山谷中，如同一盅稀薄的葡萄汁。

我起来，走下台阶，独自微笑着、欢喜着。四下一个人也没有，我就觉得自己也没有了。天地间只有一团喜悦、一腔温柔、一片勃勃然的生气。我走向田畦，就以为自己是一株恬然的菜花。我举袂迎风，就觉得自己是一缕旋绕的气流。我抬头望天，却又把自己误为明灿的阳光。我的心从来没有这样宽广过，恍惚中忆起一节经文："上帝叫日头照好人，也照歹人。"我第一次那样深切地体会到造物的深心，我就忽然热爱起一切有生命和无生命的东西来了。我那样渴切地想对每一个人说声早安。

不知怎的，忽然想起住在郊外的陈，就觉得非去拜访她不可，人在这种日子里真不该再有所安排和计划的。在这种阳光中如果不带有几分醉意，凡事随兴而行，就显得太不调和了。

转了好几班车，来到一条曲折的黄泥路上。天晴了，路刚晒干，温温软软的，让人感觉到大地的脉搏。一路走着，不觉到了，我站在竹篱面前，连吠门的小狗也没有一只。门上斜挂了一把小铃，我独自摇了半天，猜想大概是没人了。低头细看，才发现一个极小的铜锁——她也出去了。

我又站了许久，不知道自己该往哪里去。想要留个字条，却又说不出造访的目的。其实我并不那么渴望见她的，我只想消磨一个极好的艳阳天，只想到乡村里去看看五谷六畜怎样欣赏这个日子。

抬头望去，远处禾场很空阔，几垛稻草疏疏落落地散布着，颇有些仿古制作的意味。我信步徐行，发现自己正走向一片广场，黄绿不匀的草在我脚下伸展着，奇怪的大石在草丛中散置着。我选了一块比较光滑的斜靠而坐，就觉得身下垫的和身上盖的都是灼热的阳光。我陶然许久，定神环望，才发现这景致简单得不可置信——一片草场，几块乱石。远处唯有天草相粘，近处只有好风如水。没有任何名花异草，没有任何仕女云集，但我为什么这样痴呆地坐着呢？我是被什么吸引着呢？

我悠然地望着天，我的心就恍然回到往古的年代，那时候必然也是一个久雨后的晴天，一个村野之人，在耕作之余，到禾场上去晒太阳。他的小狗在他的身旁打着滚，弄得一身是草，他酣然地躺着，傻傻地笑着，觉得没有人经历过这样的幸福。于是，他兴奋起来，喘着气去叩王室的门，要把这宗秘密公布出来。他万没有想到所有听见的人都掩袖窃笑，从此把他当作一个典故来打趣。

他有什么错呢？因为他发现的真理太简单吗？但经过这样多个世纪，他所体味的幸福仍然不是坐在暖气机边的人所能了解的。如果我们肯早日离开阴森黑暗的蛰居，回到热热亮亮的光中，那该多美呢！

头顶上有一棵不知名的树，叶子不多，却都很青翠，太阳的影像从树叶的微隙中筛了下来。暖风过处满地团团的日影都欣然起舞。唉，这样温柔的阳光，对于庸碌的人而言，一生之中又能几遇呢？

坐在这样的树下，又使我想起自己平日对人品的观察。我常常觉得自己的浮躁和浅薄就像"夏日之日"，常使人厌恶、回避。于是在深心之中，总不免暗暗地向往着一个境界——"冬日之日"。那是光明的，却毫不刺眼；是暖热的，却不至灼人。什么时候我才能那样含蕴，那样温柔敦厚而又那样深沉呢？"如果你要我成为光，求你让我成为这样的光。我不禁用全心灵祷求不是独步中天，造成气焰和光芒，而是透过灰冷的天空，用一腔热忱去温暖一切僵坐在阴湿中的人。"

渐近日午，光线更明朗了，一切景物的色调开始变得浓重。记得曾读过段成式的作品，独爱其中一句"坐对当窗木，看移三面阴"。想不到我也有缘领略这种静趣。其实我所欣赏的，前人已经欣赏了；我所感受的，前人也已经感受了。但是，为什么这些经历依旧是这么深、这么新鲜呢？

身旁有一袋点心，是我顺手买来，打算送给陈的。现在却成了我的午餐。一个人，在无垠的草场上，咀嚼着简单的干粮，倒也是十分有趣。在这种景色里，不觉其饿，却也不觉其饱。吃东西只是一种情趣，一种艺术。

我原来是带了一本词集子的，却一直没打开，总觉得直接观赏情景，比间接的观赏要深刻得多。饭后有些倦了，才顺手翻它几页。不觉沉然欲睡，手里还拿着书，人已经恍然踏入另一种境界。

等到醒来，发现几只黑色瘦胫的羊，正慢慢地啮着草，远远的有一个孩子跷脚躺着，悠然地嚼着一根长长的青草。我抛书而起，在草场上迂回漫步。难得这么静的下午，我的脚步声和羊群的啮草声都清晰可闻。回头再看看那曲臂为枕的孩子，不觉有点羡慕他那种"富贵于我如浮云"的风度了。几只羊依旧低头择草，恍惚间只让我觉得它们咀嚼的不只是草，而是冬天里半发的绿意，以及荒场上无边无际的阳光。

日影稍稍西斜了，光辉却仍旧不减，在一天之中，我往往偏爱这一刻。我知道有人歌颂朝云，有人爱恋晚霞。至于耀眼的日升和幽邃的黑夜都惯受人们的钟爱。唯有这样平凡的下午，没有一点彩色和光芒的时刻，常常会被人遗忘，但我却不能自禁地喜爱并且瞻仰这份宁静、恬淡和收敛。我回到自己的位置坐下，茫茫草原，就只交付我和那看羊的孩子吗？叫我们如何消受得完呢？

偶抬头，只见微云掠空，斜斜地徘着。像一首短诗，像一阕不规则的小令。看着看着，就忍不住发出许多奇想。记得元曲中有一段述说一个人不能写信的理由："不是无情思，绕青江，买不得天样纸。"而现在，天空的蓝笺已平铺在我头上，我却又苦于没有云样的笔。其实即使有笔如云，也不过随写随抹，何尝尽责描绘造物之奇。至于和风动草，大概本来也想低吟几句云的作品。只是云彩总爱反复地更改着，叫风声无从传布。如果有人学会云的速记，把天上的文章流传几篇到人间，却又该多么好呢。

正在痴想之间，发现不但云朵的形状变幻着，连它的颜色也奇异地转换了。半天朱霞，灿然如焚，映着草地也有三分红意了。不仔细分辨，就像莽原尽处烧着一片野火似的。牧羊的孩子不知何时已把他的羊聚拢了。村里炊烟袅升，他也就隐向一片暮霭中去了。

我站起身来，摸摸石头还有一些余温，而空气中却沁进几分凉意了。有一群孩子走过，每人抱着一怀枯枝干草。忽然见到我就都停下来，互相低语着。

"她真有点奇怪，不是吗？"

"我们这里从来没有人来远足的。"

"我知道，"有一个较老成的孩子说，"他们有的人喜欢到这里来画图的。"

"可是，我没看见她的纸和她的水彩呀！"

"她一定画好了，藏起来了。"

得到满意的结论以后，他们又作一行归去了。远处有疏疏密密的竹林，掩映一角红墙，我望着他们各自走入他们的家，心中不禁怅然若失。想起城市的街道，想起两侧壁立的大厦，人行其间，抬头只见一线天色，真仿佛置身于死阴的幽谷了。而这里，在这不知名的原野中，却是遍地泛滥着阳光。人生际遇不同，相去多么远啊！

我转身离去，落日在我身后画着红艳的圆，而远处昏黄的灯光也同时在我面前亮起。那种壮丽和寒碜成为极强烈的对照。

遥遥地看到陈的家，也已经有了灯光，想她必是倦游归来了，我迟疑了一下，没有走过去摇铃，我已拜望过郊外的晴朗，不必再看她了。

走到车站，总觉得手里比来的时候多了一些东西，低头看看，依然是那一本旧书。这使我忽然迷惑起来了，难道我真的携有一张画吗？像那个孩子所说的："画好了，藏起来了。"

归途上，当我独行在黑茫茫的暮色中，我就开始接触那轴画了。它是用淡墨染成的"晴郊图"，画在平整的心灵素宣上，在每一个阴黑的地方向我展示。

星约

上一次

是因为期待吗？整个天空竟变得介乎可信赖与不可信赖之间，而我，我介乎悟道的高僧与焦虑的狂徒之际。

七十六年才一次啊！

"运气特别不好！"男孩说，"两千年来，这次哈雷是最不亮的一次！上一次，嘿，上一次它的尾巴拖过半个天空哩！"

男孩十七岁，七十六年后他九十三。下一次，下一次他有幸和他的孩子并肩看星吗，像我们此刻？

至于上一次，男孩，上一次你在哪里，我在哪里，我的母亲又复在哪里？连民国亦尚在胎动。爽飒的鉴湖女侠墓草已长，黄兴的手指尚完好，七十二烈士的头颅尚在担风挑雨的肩上寄存。血在腔中呼啸，剑在壁上狂吟，白衣少年策马行过漠漠大野。那一年，就是那一年啊，彗星当空挥洒，仿佛日月星辰全是定位的镂刻的字模，唯独它，是长空里一气呵成的行草。

那一年，上一次，我们不在，但——知道。有如一场宴会，我们迟了，没赶上，却见茶气氤氲，席次犹温，一代仁人志士的呼吸如大风盘旋谷中，向我们招呼，我们来迟了，没有看到那一代的风华。但一九一〇我们是知道的，在武昌起义和黄花岗之前的那一年我们是感念而熟知的。

初识

还有，最初的那一次（其实怎能说是最初呢，只能说是最初的记载罢了，只能说是不甚认识的初识罢了）。这美丽得使人惊惶的天象，正是以美丽的方块字记录的。在秦始皇的年代，"七年，彗星先出于东方，见北方……五月，见西方……"秦代的资料，是以委婉的小篆体记录的吧？

而那时候，我们在哪里？易水既寒，群书成焚灰，博浪沙的大椎打中副车，黄石老人在桥头等待一位肯为人拾鞋的亢奋少年，伏生正急急地咽下满腹经书，以便将来有朝一日再复缓缓吐出，万里长城开始一尺一尺垒高、垒远……忙乱的年代啊，大悲伤亦大奋发的岁月啊，而那时候，我们在哪里？我们在哪里？

有所期

我们在今夜，以及今夜的期待里。以及，因期待而生的焦灼里。

不要有所期有所待，这样，你便不会忧伤。

不要有所系有所思，否则，你便成不赦的囚徒。

不要企图攫取，妄想拥有，除非，你已预先洞悉人世的虚空。

——然而，男孩啊，我们要听取这样的劝告吗？长途役役，我们有如一只罗盘上的指针，因神秘的磁场牵引而不安而颤抖，而在每一步颠簸中敏感地寻找自己和整个天地的位置，但世上的磁针有哪一根因这种种劫难而后悔而愿意自决于磁场的骚动呢？

诅咒

如果有人告诉我彗星是一场祸殃，我也是相信的。凡美丽的东西，总深具危险性，像生命。奇怪，离童年越远，我越是想起那只青蛙的童话：

有一个王子，不知为什么，受了魔法的诅咒，变成了青蛙。青蛙守在井底，他没有为这大悲痛哭泣，但他却听到了哭泣的声音，那一定来自小悲痛小凄怆吧？大痛是无泪的啊！谁哭呢？一个小女孩。为什么哭呢？为一只失落的球。幸福的小公主啊，他暗自叹息起来，她最响亮的号啕竟只为一只小球吗？于是他为她落井捡球。然后她依照契约做了他的朋友，她让青蛙在餐桌上有一席之地，她给了他关爱和友谊，于是青蛙恢复了王子之身。

　　——生命是一场受过巫法的大诅咒，注定朽腐，注定死亡，注定扭曲变形——然而我们活了下来，活得像一只井底青蛙，受制于窄窄的空间，受制于匆匆一夏的时间。而他等着，等一份关爱来破此魔法和诅咒。一瞬柔和的眼神已足以破解最凶恶的毒咒啊！

　　如果哈雷是祸殃，又有什么可悸可怖？我们的生命本身岂不是更大的祸殃吗？然而，我们不是一直相信生命是一场充满祝福的诅咒，一枚有着苦蒂的甜瓜，一条布满陷阱的坦途吗？

　　我不畏惧哈雷，以及它在传述中足以魇住人的华灿和美丽。即使美如一场祸殃，我也不会因而畏惧它多于一场生命。

暂时

　　缸里的荷花谢尽，浮萍潜伏，十二月的屋顶寂然，男孩一手拿着电筒，一手拿着星象图，颈子上挂着望远镜。

　　"哈雷在哪里？"我问。

　　"你怎么这么'势利眼'，"男孩居然愤愤地教训起我来，"满天的星星哪一颗不漂亮，你为什么只肯看哈雷？"

　　淡淡的弦月下，阳台黝黑，男孩身高一米八四，我抬头看他，想起那首《日升日沉》的歌：

这就是我一手带大的小女孩吗？

这就是那玩游戏的小男孩吗？

是什么时候长大的呀？——他们。

"看那颗天狼星，冬天的晚上就数它最亮，蓝汪汪的，对不对？它的光等是负一点四，你喜欢了，是不是？没有女人不喜欢天狼，它太像钻石了。"

我在黑夜中窃笑起来，男孩啊——

付这座公寓订金的时候，我曾惴惴然站在此处，揣想在这小小的舞台上，将有我人世怎样的演出？男孩啊，你在这屋子中成形，你在此处听第一篇故事念第一首唐诗，而当年伫立痴想的时候，我从来不曾想到你会在此和我谈天狼星！

"蓝光的星是年轻的星，星光发红就老了。"男孩说。

星星也有生老病死啊？星星也有它的情劫和磨难啊？

"一颗流星。"男孩说。

我也看见了，它钢截利落，如钻石划过墨黑的玻璃。

"你许了愿？"

"许了。你呢？"

"没有。"

怎么解释呢？怎样把话说清楚呢？我仍有愿望，但重重愿望连我自己静坐以思的时候对着自己都说不清楚，又如何对着流星说呢？

"那是北极星——不过它担任北极星其实也是暂时的。"

"暂时？"

"对，等二十万年以后，就是大熊星来做北极星了，不过二十万年以后大熊星座的组合位置有点改变。"

暂时担任北极星二十万年？我了解自己每次面对星空的悲怆失措甚至微愠了，不公平啊，可是跟谁去争辩？跟谁去抗议？

"别的星星的组合形态也会变吗？"

"会，但是我们只谈那些亮的星，不亮的星通常就是远的星，我们就不管它们了。"

"什么叫亮的？"

"光度总要在一等左右，像猎户星座里最亮的，我们中国人叫它参宿七的那一颗，就是零点一等，织女星更亮，是零等。太阳最亮，是负二十六等……"

"光的单位"

奇怪啊，印度人以"克拉"计钻石，愈大的钻石克拉愈多，希腊人以"光等"计星亮，愈亮的星"光等"反而愈少，最后竟至于少成负数了。

"古希腊人为什么这么奇怪呢？为什么他们用这种方法来计算光呢？我觉得'光度'好像指'无我的程度'，'我执'愈少，光源愈透，'我'愈强，光愈暗。"

"没有那么复杂吧？只是希腊人就是这样计算的。"

我于是躺在木凳上发愣，希腊人真是不可思议，满天空都成了他们的故事布局，星空于他们竟是一整棚累累下垂的葡萄串，随时可摘可食，连每一粒葡萄晶莹的程度他们也都计算好了。

猎户在天

几年前的一个星夜。我们站在各种光等的星星下。

"猎户在天——"我说。

"《诗经》的句子吧？"女友问。

"怎么会，也不想想猎户星座是希腊名词啊！"

她大笑起来，她是被我的句型骗了，何况她是诗人，一向不讲理的，只是最后连我自己也恍惚起来，真的很像《诗经》里的句子呢！

我们有点在装迷糊吗？为什么每看到好东西我们就把它故意误为中国的？

猎户是一组美丽的星，宽宏的肩，长挺的腿，巧饰的腰带和腰带下的腰刀，旁边还有一只野兔呢！然而，这漂亮的猎者是谁呢？是始终在奔驰在追索在欲求的世人吗？不知道啊，但他那样俊朗，把一个形象从古希腊至今维系了三千年，我不禁肃然。

"看到腰带下的小腰刀吗？腰刀是三颗直排的星组成的，中间的那一颗你用望远镜仔细看，是一大团星云，它距离我们只不过一千五百光年而已。"

"一千五百年！是唐朝吗？"

"是南北朝。"

早于秾艳的李义山，早于狂歌的李白沉郁的杜甫，以及凿破大地的隋炀帝。南北朝，南北朝又复为何世呢？对那一整个年代我所记得的只有北魏的石雕，悠悠青石，刻成了清明实在的眉目，今夕的星光就是当年大匠举斧加石的年代发出的，历劫的星光则今夕始来赴我双目的天池。

猎户星座啊！

见与不见

我其实是要看哈雷的，但哈雷不现，我只看到云。我终于对云感到抱歉了——这是不公平的，我渴望哈雷是因它稍纵即逝，然而云呢？云又岂是永恒的？此云曾是彼水，彼水曾是泉曾是溪，曾是河曾是海，曾是花上晓露眼中横波，曾是禾田间的汗水，曾是化碧前的赤血，壮士沙场之际的一杯酒是它，赵州说法时的半杯茶也是它。然而，我竟以为云只是云，我竟以为今日之云同于昨日之云，云不也跟哈雷一样是周而复始、迂回往来的吗？

我不断地向自己解释，劝自己好好看一朵云，其间亦自有千古因缘，然而我依旧悲伤且不甘心，为什么这是一片灯网交织的城？且长年有着厚云层。为什么不让我今生今世看见一次哈雷！

"奇怪啊，神话只属于古代，至于我们的年代只有新闻，而且多是报道不实的，为什么？"

黑暗中男孩看我，叹了一口气，他半年前交了一篇历史课的读书报告，题目便是《中国神话的研究》，得分九十五。曾经统御过所有的英雄和巨灵，辉耀了整个日月星辰的神话，此刻已老，并且沦为一个中学生的读书报告。

在一个接一个的冬夜里我怅叹跌足，并且生自己的气，气自己被渴望折磨，神话里的夸父就是渴死的，我要小心一点才行。所以悲伤时我总是想哈雷先生（哈雷彗星以他的名字来命名），以及他亦悲亦喜的一生。他在二十六岁那年惊见彗星，此后他用许多年来研究，相信彗星会在自己一百零二岁时再现。看过彗星以后他又活了一甲子，死于八十六岁，像一个放榜前殁世的考生，无从证实自己的成绩。那哈雷死时是怎样的呢，我猜他的心情正像一个孩子，打算在圣诞夜不眠，好看到圣诞老人如何滑下烟囱，放下礼物。然而他困了，撑不住了，兴奋消失，他开始模糊了，心里却是不甘心的，嘴里说着半真半呓地叮咛："父亲，等下圣诞老人来的时候，一定要叫我呢！我要摸摸他的胡子！"

哈雷说的话想来也类似："造物啊，我熬不住了，我要睡了，你帮我看好，好吗？十六年后它会来的，我先睡，你到时候要叫我一声哟！"

生当清平昌大之盛世，结交一时之俊彦如牛顿，能于切磋琢磨中发天地之微，知宇宙之数，哈雷的平生际遇也算幸运了。然而，肉体的贮瓶终于要面临大朽坏的——并不因其间贮注的是大智慧而有异，只是大限来时，他是否有憾呢？

寒星如一片冰心的冬夜，我反复自问：

哈雷生平到底看过彗星重现吗?若说看见了,他事实上在星现前十六年已经死了,若说未见,他却是见的,正如围棋高手早在几小时以前预见胜负,一步步行去的每一着履痕他们都有如亲睹。

大军事家大政治家大科学家都是在不见处先见未明时先明的啊!

那么,我呢?我算不算看过那彗星的人呢?假设有盲者,站在凄凄长夜里,感知天空某一角落有灿然的光体如甩动的火把,算不算看到了呢?如果他倾耳辨听天河淙淙,如果他在安静中若闻哈雷的跳跃,像一只河畔的蚱蜢,蹦去又蹦回,他算不算看到了呢?而我,当我在金牛座昴星团中寻它,当我在白羊和双鱼座中寻它千百度思它千百度,我算不算看到它了呢?在无所视无所听无所触无所嗅的隔离中,我们可以仅仅凭信心念力去承认去体会身在云后的它吗?

我已践约

又一颗流星划过天空,天空割裂,但立刻拢合,造物的大诡秘仍然不得窥见。这不知名的星从此化为光尘,也许最后剩一小块陨石,落到地球上,被人捡起,放在陈列室里,像一部写坏了的爱情小说,光华消失,飞腾不见,只留下硬硬的纹理。

夜空有千亩神话万顷传奇,有流星表演的冰上芭蕾——万古乾坤只在此半秒钟演出。以此肉身、以此肉眼来面对他们,这种不公平的对决总使我心情大乱,悲喜无常。哈雷会来吗?原谅我的急躁，我和男孩有缘得窥七十六年一临的奇景吗？如果能，我为此感激，如果不能，让我感激朝朝来临的太阳，月月重圆的月亮，以及至七夕最凄丽的"织女"，于冬月亦明艳的猎户。我已践约，今夜，以及此生，哈雷也没有失约，但云横雾亘，我不能表示异议。

如果我不曾谢恩，此刻，为茫茫大荒中一小块荷花缸旁的立脚位置，为犹明的双眸，为未熄的渴望，为身旁高大的教我看星的男孩，为能见到的以及未能见到的，为能拥有的以及不能拥有的，为悲为喜，为悟为不悟，为已度的和未度的岁月，我，正式致谢。

一山昙华

"你们来晚了！"

我老是听到这句话。

旅行世界各地，总是有热心的朋友跑来告诉你这句话。

于是，我知道，如果我去年就来，我可以赶上一场六十年来仅见的瑞雪。或者如果一个月前来，丁香花开如一片香海。或者十天以前来，有一场热闹的庙会，一星期以前来，正逢热气球大赛，三天以前是啤酒节……

开头的时候，听到这样的话，忍不住跌足叹息，自伤命苦。久了，也就认了。知道有些好事情，是上天赏给当地居民的。旅客如果碰上了，是万幸，碰不上，是理所当然。凭什么你把"花枝春满""天心月圆"的好景都碰上了？

因此，我到夏威夷，听朋友说："满山昙花都开了——好像是上个礼拜某个夜里。"心里也只觉坦然，一面促他带我们仍去看看，毕竟花谢了山还在。

到了山边，不禁目瞪口呆，果真是满满一山仙人掌，果真每棵仙人掌都垂下一朵大大的枯萎的花苞。遥想上个礼拜千朵万朵深夜竞芳时，不知是如何热闹熙攘的局面。而此刻，我仿佛面对三千位后宫美女——三千位垂垂老去的美女，努力揣想她们当年如何风华正茂……

如果不是事先听友人说明，此刻我也未必能发现那些残花。花朵开时，如敲锣打鼓，腾腾烈烈，声震数里，你想不发现也难。但花朵一旦萎谢，则枝柯间忽然幽闃如墓地，你只能从模糊的字迹里去辨认昔日的王侯将相才子佳人。

此时此刻，说不憾恨是假的，我与这一山昙花，还未见面，就已诀别。

但对这种憾恨我却早已经"习惯"了，人本来就不是有权利看到每一道彩虹的。王羲之的兰亭雅集我没赶上，李白宴于春夜桃李园我也没赶上。就算我能逆时光隧道赶回一千多年去参加，他们也必然因为我的女性身份而将我峻拒门外。是啊，不是所有的好事都是我可以碰上的。哥伦布去新大陆没带我同行，莎士比亚《李尔王》的首演日我没接到招待券。而地球的启动典礼上帝也没让我剪彩……反正，是好事，而被我错过的，可多着呢！这一山白灿灿的昙花又算什么？

我呆呆站在山前，久久不忍离去。这一山残花虽成往事，但面对它却可以容我驰无穷之想象。想一周前的某个深夜，满山花开如素烛千盏，整座山燃烧如月下的烛台，那夜可有人是知花之人？

可有心是惜香之心？

　　凡眼睛无福看见的，只好用想象去追踪揣摩。凡鼻子不及嗅闻的，只好用想象去填充臆测。凡手指无缘接触的，也只得用想象去弥补假设——想象使我们无远弗届。

　　我曾淡忘无数亲眼看见的美景，反而牢牢记住了夏威夷岛上不曾见识过的一山昙花。这世间，究竟什么才叫拥有呢？

林中杂想

一

我躺在树林子里看《水浒传》。

事情是这样开始的：暑假前，我答应学生"带队"，所谓带队，是指带"医疗服务队"到四湖乡去。起先倒还好，后来就渐渐不怎么好了。原来队上出了一位"学术气氛"极浓的副队长，他最先要我们读胡台丽的《媳妇入门》，这倒罢了，不料他接着又一口气指定我们读杨懋春的《乡村社会学》，吴相湘的《晏阳初传》，苏兆堂翻译的《小龙村》等等。这些书加起来怕有一尺高，这家伙也太烦人了，这样下去，我们医学院的同学都有成为人类学家和社会学家的危险。

奇怪的是口里虽嘟嘟囔囔地抱怨，心里却也动心，甚至下决心要去看一本早就想看的萨孟武的《〈水浒传〉与中国社会》。问题是要看这本书就该把《水浒传》从头再看一遍。当时就把这本厚厚的章回塞进行囊，一路同去四湖。

　　而此刻，我正躺在林子里看《水浒传》，林子是一片木麻黄，有几分像好汉出没的黑松林，这里没有好汉，奇怪的是倒有一批各自说着乡音的退伍军人（在这遍地说着海口腔的台西地带，哪来的老兵呢？），正横七竖八地躺在石凳上纳凉，我睡的则是一张舒服的折床，是刚才一个妇人让给我的，她说："喂，我要回家吃饭了，小姐，你帮我睡好这张床。"

　　咦，世间竟有如此好事，我当即把内含巨款的皮包拿来当枕头（所谓巨款，其实也只有五千元，我一向不爱多带钱，这一次例外，因为自觉是"领队老师"，说不定队上有"不时之需"），舒舒服服躺下，看我的《水浒传》。当时我也刚吃过午饭，太阳正当头，但经密密的木麻黄一过滤，整个林子阴阴凉凉的，像一碗柠檬果冻。

　　我正看到二十八回，武松被刺配两千里外的孟州，其实路上他尽有机会逃跑，他却宁可把松下的枷重新戴上，把封皮贴上，一步步自投孟州而来。

二

　　一路看下去，不能不叫痛快，武松那人容易让人记得的是景阳冈打虎的那一段。现在自己人大了，回头看那一段，倒也不觉可贵，他当时打虎，其实也是非打不可，不打就被虎吃，所以就打了，此外看不出他有什么高贵动机，只能证明，他是天生的拳击好手罢了。倒是第二十八回里做了囚徒的武松，处处透出洒脱的英雄骨气。

初到配军，照例须打一百杀威棒，武松既不去送人情，也不肯求饶，只大声大气说：

"都不要你众人闹动。要打便打！我若是躲闪一棒的，不是打虎好汉！从先打过的都不算，重新再打起！我若叫一声，便不是阳谷县为事的好男子"——两边看的人都笑道："这痴汉弄死！且看他如何熬——"

武松不肯折了好汉的名，仍然嚷着：

要打便打毒些，不要人情棒儿，打我不快活！

不想事情有了转机，管营想替他开脱，故意说：

新到囚徒武松，你路上途中曾害甚病来？

武松不领情，反而犟嘴：

"我于路不曾害！酒也吃得，饭也吃得，肉也吃得，路也走得！"管营道："这厮是途中得病到这里，我看他面皮才好，且寄下他这顿杀威棒。"两边行仗的军汉低低对武松道："你快说病。这是相公将就你，你快只推曾害便了。"武松道："不曾害！不曾害！打了倒干净！

我不要留这一顿'寄库棒'！寄下倒是钩肠债，几时得了！"两边看的人都笑。管营也笑道："想你这汉子多管害热病了，不曾得汗，故出狂言。不要听他，且把去禁在单身房里。"

及至关进牢房，其他囚徒看他未吃杀威棒，反替他担忧起来，告诉他此事绝非好意，想必是使诈，想置他于死，还活灵活现地形容"塞七窍"的死法叫"盆吊"，用黄沙压则叫作"大布袋"。不料武松听了，最有兴趣的居然是想知道除了此两法以外，还有没有第三种，他说：

还有什么法度害我？

当下，管营送来美食。

武松寻思道："敢是把这些点心与我吃了却来对付我？……我且落得吃了，却再理会！"武松把那镟酒来一饮而尽，把肉和面都吃尽了。

武松那一饮一食真是潇洒！人到把富贵等闲看，生死不萦怀之际，并且由于自信，相信命运也站在自己这一边时，才能有这种不在乎的境界，才能耍这种高级的天地也奈何他不得的无赖。吃完了，他冷笑一声：

看他怎地来对付我！

等正式晚饭送来，他虽怀疑是"最后的晚餐"，还是吃了。
饭后又有人提热水来，他虽怀疑对方会趁他洗澡时下毒手，仍然
不在乎，说：

我也不怕他！且落得洗一洗。

这几段，真的越看越喜，高兴起来，便翻身拿笔画上要点，
加上眉批，恨不得拍掌大笑，觉得自己也是黑松林里的好汉一条，
大可天不怕地不怕地过它一辈子。

三

回想起前天随队来四湖的季医生跟我说的一段话，她说："你
看看，这些小朋友，他们问我，目前群体医疗的政策虽不错，但
是将来卫生署总要换人的呀，换了人，政策不同，怎么办？"

两人说着不禁摇头叹气，我们其实不怕卫生署的政策不政策，
我们怕的是这才二十岁左右的年轻人，为什么先自把初生之犊的
锐气给弄得没有了？

是因为一直是好孩子吗？是因为觉得一切东西都应该准备好，
布置好，而且，欢迎的音乐已奏响，你才顺利地踏在夹道花香中

起步吗？唐三藏之取经，岂不是"向万里无寸草处行脚"，盘古开天辟地之际，混沌一片，哪里有天地？天是由他的头颅顶高的，地是由他踏脚处来踩实踩平的。为什么这一代的年轻人，特别是年轻人中最优秀的那一批，却偏偏希望像古代的新媳妇，一路由别人抬花轿，抬到婆家。在婆家，有一个姓氏在等她，有一个丈夫在等她，有一碗饭供她吃——其实，天晓得，这种日子会好过吗？

武松算不得英雄、算不得豪杰，只不过一介草莽武夫，这一代的人却连这点草莽气象也没有了吗？什么时候我们才不会听到"饱学之士"的"无知之言"道："我没办法回台湾呀，我学的东西太尖端，台湾没有我吃饭的地方呀！"

孙中山革命的时候，是因为有个"中华民国筹备处"成立好了，并且聘他当主任委员，他才束装回国赴任的吗？曹雪芹是因为"国家文艺基金会"委托他着手撰写一部"当代最伟大的小说"，才动笔写下《红楼梦》第一回的吗？

能不能不害怕不担忧呢？甚至是过了许多年回头一望的时候，才猛然想起来大叫一声说："哎呀，老天，我当时怎么都不知道害怕呢？"

把孔子所不屑的"三思而行"的踌躇让给老年人吧！年轻不就是有莽撞往前去的勇气吗？年轻就是手里握着大把岁月的筹码，那么，在命运的赌局里做乾坤一掷的时候，虽不一定赢，气势上总该能壮阔吧？

四

前些日子，不知谁在服务队住宿营地的门口播放一首歌，因为那歌是早晨和中午的代用起床号，所以每天都要听上几遍，其实那首歌唱得极有味道，沙嘎中自有其抗颜欲辩的率真，只是走来走去刷牙洗澡都要听它再三重复那无奈的郁愤，心里的感觉有点奇怪：

> 告诉我，世界不会变得太快
> 告诉我，明天不会变得更坏
> 告诉我，人类还没有绝望
> 告诉我，上帝也不会疯狂
> ……
> 这未来的未来，我等待……

听久了，心里竟有些愀然，为什么只等待别人来"告诉我"呢？一颗恭谨聆受的心并没有"错"，但，那么年轻的嗓音，那么强盛的肺活量，总可以做些什么可以比"等待别人告诉我"更多的事吧？少年振衣，岂不可作千里风幡看？少年瞬目，亦可壮作万古清流想。如此风华，如此岁月，为什么等在那里？为什么等人家来"告诉我"呢？

为什么不是我去"告诉人"呢！去啊！去昭告天下，悬崖上的红心杜鹃不会等人告诉它春天来了，才着手筹备开花，它自己开了花，并且用花的旗语告诉远山近岭，春天已经来了。明灿逼人的木星，何尝接受过谁的手谕才长倾其万斛光华？小小一只绿绣眼，也不用谁来告诉它清晨的美学，它把翠羽的身子在枝头浓缩为一撇"美的据点"。万物之中，无论尊卑，不都各有其美丽的讯息要告诉别人吗？

　　有一首英文的长歌，名字叫"To tell the untold"，那名字我一看就入迷，是啊，"去告诉那些不曾被告知的人"，真的，仲尼仆仆风尘，在陌生的渡口，向不友善的路人问津，为的是什么？为的岂不是去告诉那些不曾被告知的人吗？达摩一苇渡江，也无非本着和圣人同样的一点初衷。而你我十几年乃至几十年孜孜于知识的殿堂，为的又是什么？难道不是要得到更真切的道和理，以便去告诉后人吗？我们认真，其实也只为了让自己告诉别人的话更诚恳、更扎实而足以掷地有声（无根的人即使在说真话的时候也类似谎言——因为单薄不实在）。

　　那唱歌的人"等待别人来告诉我"并不是错误，但能"去告诉别人"岂不更好？去告诉世人，我们的眼波未枯，我们的心仍在奔驰；去告诉世人，有我在，就不准尊严被抹杀，生命被冷落，告诉他们，这世界仍是一个允许梦想、允许希望的地方；告诉他们，这是一个可以栽下树苗也可以期待清荫的土地。

五

　　回家吃饭的妇人回来了，我把床还她，学生还在不远处的海清宫睡午觉，我站起身来去四面乱逛。想想这世界真好，海边苦热的地方居然有一片木麻黄，木麻黄林下刚好有一张床等我去躺，躺上去居然有施耐庵来为我讲故事，故事里的好汉又如此痛快可喜。想来一个人只要往前走，大概总会碰到一连串好事的，至于倒霉事呢？那也总该碰上一些才公平吧？可是事是死的，人是活的，就算碰到倒霉事，总奈何我不得呀！

　　想想年轻是多么好，因为一切可以发生，也可以消弭，因为可以行可以止可以歌可以哭，那么还有什么可担心的呢？

　　真的，还有什么可担心的呢？

春之怀古

    春天必然曾经是这样的：从绿意内敛的山头，一把雪再也撑不住了，扑哧的一声，将冷面笑成花面，一首嘤嘤然的歌便从云端唱到山麓，从山麓唱到低低的荒村，唱入篱落，唱入一只小鸭的黄蹼，唱入软溶溶的春泥——软如一床新翻的棉被的春泥。

    那样娇，那样敏感，却又那样混沌无涯。一声雷，可以无端地惹哭满天的云。一阵杜鹃啼，可以斗急了一城杜鹃花。一阵风起，每一棵柳都会吟出一丝丝白茫茫、虚飘飘、说也说不清、听也听不清的飞絮，每一丝飞絮都是一株柳的分号。反正，春天就是这样不讲理、没逻辑，而仍可以好得让人心平气和。

    春天必然曾经是这样的：满塘叶黯花残的枯梗抵死苦守一截老根，北地里千宅万户的屋梁受尽风欺云压，犹自温柔地抱着一团小小的空虚的燕巢。然后，忽然有一天，桃花把所有的山村水郭都攻陷了。柳树把皇室的御沟和民间的江头都控制住了——春天有如旌旗鲜明的王师，因长期虔诚的企盼祝祷而美丽起来。

而关于春天的名字，必然曾经有这样的一段故事：在《诗经》之前，在《尚书》之前，在仓颉造字之前，一只小羊在啮草时猛然感到的多汁，一个孩子在放风筝时猛然感觉到的飞腾，一双患风痛的腿在猛然间感到的舒适，千千万万双素手在溪畔在塘畔在江畔浣纱的手所猛然感到的水的血脉……当他们惊讶地奔走互告的时候，他们决定将嘴噘成吹口哨的形状，用一种愉快的耳语的声量来为这季节命名——"春"。

鸟又可以开始丈量天空了。有的负责丈量天的蓝度，有的负责丈量天的透明度，有的负责用那双翼丈量天的高度和深度。而所有的鸟全不是好的数学家，它们叽叽喳喳地算了又算，核了又核，终于还是不敢宣布统计数字。

至于所有的花，已交给蝴蝶去点数。所有的蕊，交给蜜蜂去编册。所有的树，交给风去纵宠。而风，交给檐前的老风铃去——记忆、——垂询。

春天必然曾经是这样，或者，在什么地方，它仍然是这样的吧？穿越烟囱与烟囱的黑森林，我想走访那踯躅在湮远年代中的春天。

我有一个梦

楔子

四月的植物园，一头走进去，但见群树汹涌而来，各绿其绿，我站在旧的图书馆前，心情有些迟疑。新荷已"破水而出"，这些童年期的小荷令人忽然懂得什么叫疼怜珍惜。

我迟疑，只因为我要去找刘白如先生谈自己的痴梦，有求于人，令我自觉羞惭不安，可是，现在是春天，一切的好事都应该可以有权利发生。

似乎是仗了好风好日的胆子，我于是走了进去，找到刘先生，把我的不平和愿望一五一十地说了。我说，我希望有人来盖一间国文教室——在这自认是中国的土地上——盖一间合乎美育原则的，像中国旧式书斋的教室。

我把话说得简单明了，所以只消几句就全说完了。

"构想很好，"刘先生说，"我来给你联络台中明道中学的汪校长。"

"明道是私立中学，"我有点担心，"这教室费财费力，明道未必承担得下来，我看还是去找教育部和教育厅来出面比较好。"

"这你就不懂了，还是私立学校单纯——汪校长自己就做得了主。如果案子交给公家，不知道要左开会右开会，开到什么时候？"

我同意了，当下又聊了些别的事，我即开车回家，从植物园到我家，大约十分钟车程。

走进家门，尚未坐下，电话铃已响，是汪校长打来的，刘先生已把我的想法都告诉他了。

"张教授，我们原则上就决定做了，过两天，我上台北，我们商量一下细节。"

我被这个电话吓了一跳，世上之人，有谁幸运似我，就算是暴君，也不能强迫别人十分钟以后立刻决定承担这么大一件事。

我心里涨满谢意。

两年以后，房子盖好了，题名为"国学讲坛"。

一开始，刘先生曾命我把口头的愿望写成具体的文字，可以方便宣传，我谨慎从命，于是写了这篇《我有一个梦》。

我有一个梦。

我不太敢轻易地把这梦说给人听，怕遭人耻笑——毕竟，在这个世界上敢于去梦想的人并不多。

让我把故事从许多年前说起：南台湾的小城，一个女中的校园。六月，成串的黄花沉甸甸地垂自阿勃拉花树。风过处，花雨成阵，松鼠在老树上飞奔如急箭，音乐教室里传来三角大钢琴的玲琮流泉……

啊！我要说的正是那间音乐教室！

我不是一个敏于音律的人，平生也不会唱几首歌，但我仍深爱音乐。这，应该说和那间音乐教室有关吧！

我仿佛仍记得那间教室：大幅的明亮的窗，古旧却完好的地板，好像是日据时期留下的大钢琴，黄昏时略显昏暗的幽微光线……我们在那里唱"苏连多岸美丽海洋"，我们在那里唱《阳关三叠》。

所谓学习音乐，应该不止是一本音乐课本、一位音乐老师。它岂不是也包括那个阵雨初霁的午后，那熏人欲醉的南风，那树梢悄悄的风声，那典雅的光可鉴人的大钢琴，那开向群树的格子窗……

近年来，我有机会参观一些耗资数百万或上千万的自然科学实验室。明亮的灯光下，不锈钢的颜色闪烁着冷然且绝对的知性光芒。令人想起伽利略，想起牛顿，想起历史回廊上那些伟大耸动的名字。实验室已取代古人的孔庙，成为现代人知识的殿堂，人行至此都要低声下气，都要"文武百官，至此下马"。

人文方面的教学也有这样伟大的空间吗？有的。英文教室里，每人一副耳机，清楚的录音带会要你把每一节发音都校正清楚，电视画面上更有生动活泼的镜头，诱导你可以做个"字正腔圆"的"英语人"。

每逢这个时候，我就暗自叹息，在我们这号称为中国的土地上，有没有哪一位教育行政人员，肯把为物理教室、化学教室或英语教室所花的钱匀出一部分用在中国语文教室里的？换句话说，我们可以来盖一间国学讲坛吗？

当然，你会问："国学讲坛？什么叫国学讲坛？国文哪需要什么讲坛？国学讲坛难道需要望远镜或显微镜吗？国文会需要光谱仪吗？国文教学不就只是一位戴老花眼镜的老先生凭一把沙喉老嗓就可以廉价解决的事吗？"

是的，我承认，曾经有位母亲，蹲在地上，凭一根树枝、一堆沙子，就这样，她教出了一位欧阳修来。只要有一公尺见方的地方，只要有一位热诚的教师和学生，就能完成一场成功的教学。

但是，现在是九十年代了，我们在一夕之间已成暴富，手上捧着钱茫茫然不知该做什么……为什么在这种时候，我们仍然要坚持阳春式的国文教学呢？

我有一个梦。（但称它为梦，我心里其实是委屈的啊！）

我梦想在这号称为中国的土地上，除了能为英文为生物为化学为太空科学设置实验室之外，也有人肯为国文设置一间讲坛。

我梦想有一位国文教师在教授"好鸟枝头亦朋友，落花水面皆文章"的时候，窗外有粉色羊蹄甲正落入春水的波面，苦楝树上也刚好传来鸟鸣，周围的环境恰如一片舞台布景板，处处笺注着白纸黑字的诗。

晚明吴从先有一段文字令人读之目醉神驰，他说："斋欲深，槛欲曲，树欲疏，萝薜欲青垂；几席、阑干、窗窦，欲净滑如秋水；榻上欲有云烟气；墨池、笔床，欲时泛花香。读书得此护持，万卷尽生欢喜。琅嬛仙洞，不足羡矣。"

吴从先又谓："读史宜映雪，以莹玄鉴。读子宜伴月，以寄远神……读《山海经》、《水经》、丛书小史，宜倚疏花瘦竹，冷石寒苔，以收无垠之游，而约缥缈之论。读忠列传，宜吹笙鼓瑟以扬芳。读奸佞传，宜击剑捉酒以销愤。读'骚'宜空山悲号，可以惊蛰。读赋宜纵水狂呼，可以旋风……"

——啊，不，这种梦太奢侈了！要一间平房，要房外的亭台楼阁花草树木，要春风穿户，夏雨叩窗的野趣，还要空山幽壑，笙瑟溢耳。这种事，说出来——谁肯原谅你呢？

那么，退而求其次吧！只要一间书斋式的国学讲坛吧！要一间安静雅洁的书斋，有中国式的门和窗，有木质感觉良好的桌椅，你可以坐在其间，你可以第一次觉得做一个中国人也是件不错的事，也有其不错的感觉。

那些线装书现在拿几本来放在桌上吧！让年轻人看看宋刻本的书有多么典雅娟秀，字字耐读。

教室的前方，不妨有"杏坛"两字，如果制成匾，则悬挂高墙，如果制成碑，则立在地上。根据《金石索》的记录，在山东曲阜的圣庙前，有金代党怀英所书"杏坛"两字，碑高六尺（指汉制的六尺），宽三尺，字大一尺八寸。我没有去过曲阜，不知那碑如今尚在否？如果断碑尚存，则不妨拓回来重制，如果连断碑也不在了，则仍可根据金石索上的图样重刻回来。

唐人钱起的诗谓："更怜童子宜春服，花里寻师到杏坛。"百年来我们的先辈或肝脑涂地或胼手胝足，或躲在防空洞里读其破本残卷，或就着油灯饿着肚子皓首穷经——但这一切是为了什么？岂不是为了让我们的下一代活得幸福光彩，让他们可以穿过美丽的花径，走到杏坛前去接受教化，去享受一个中国少年对中国文化理所当然的继承权。

教室里，沿着墙，有一排矮柜，柜子上，不妨放些下课时可以把玩的东西。一副竹子搁臂，凉凉的，上面刻着诗。一个仿制的古瓮，上面刻着元曲，让人惊讶古代平民喝酒之际也不忘诗趣。一把仿同治时代的茶壶，肚子上面刻着一圈二十个字："落雪飞芳树，幽红雨淡霞，薄月迷香雾，流风舞艳花。"学生正玩着的时候，你可以告诉孩子们这是一首回文诗，全世界只有中国语言可以做的回文诗。而所谓回文诗，你可以从任何一个字念起，意思都通，而且都押韵。当然，如果教师有点语言学的知识，他可以告诉孩子汉语是孤立语（Isolating Language）跟英文所属的屈折语（Inflectional Language）不同。至于仿长沙马王堆的双耳漆器酒杯，由于是纱胎，摇起来里面还会响呢！这比电动玩具可好玩多了吧？酒杯上还有篆文"君幸酒"三个字，可堪细细看去。如果找到好手，也可以用牛肩胛骨做一块仿古甲骨文，所谓学问，有时固然自苦读中得来，有时也不妨从玩耍中得来。

墙上也有一大片可利用的地方，拓一方汉墓石，如何？跟台北画价动辄十万相比，这些古物实在太便宜了，那些画像砖之浑朴大方，令人悠然神往。

如果今天该讲岳飞的《满江红》，何不托人到杭州岳王坟上拓一张岳飞真迹来呢！今天要介绍"月落乌啼霜满天"吗？寒山寺里还有俞樾那块诗碑啊！如果把康南海的那一幅比照来看，就更有意思，一则"古钟沦日史"的故事已呼之欲出。杜甫成都浣花溪的千古风情，或诸葛武侯祠的高风亮节，都可以在一幅幅挂轴上留下来。

你喜欢有一把古琴或古筝吗？有，也可以，没有，也可以。这种事不妨即兴。

你喜欢有一点檀香加茶香吗？有，也可以，没有，也可以。这种事只消随缘。

如果学生兴致好，他们可以在素净的钵子里养一盆素心兰，这样，他们会了解什么叫中国式的芬芳。

教室里不妨有点音响设备，让听惯麦当娜的耳朵，听一听什么叫笛？什么叫箫？什么叫"把乌"？什么叫笙簧……

你听过"鱼洗"吗？一只铜盆，里面刻镂着细致的鱼纹，你在盆里注上大半盆水，然后把手微微打湿，放在铜盆的双耳上摩擦，水就像细致如丝的喷柱，激射而出——啊，世上竟有这么优雅的玩具。当然，如果你要用物理上的"共振"来解释它，也很好。如果你不解释，仅只让下了课的孩子去"好奇一下"，也就算够本。

如果有好端砚，就放一方在那里。你当然不必迷信这样做就能变化气质。但砚台也是可以玩可以摸的，总比玩超人好吧？那细致的石头肌理具有大地的性格，那微凹的地方是时间自己的雕痕。

你要让年少的孩子去吃麦当劳，好吧，由你。你要让他们吃肯德基？好，请便。但，能不能，在他年少的时候，在小学，在中学，或者在大学，让他有机会坐在一间中国式的房子里，让他眼睛看到的是中国式的家具和摆设，让他手摸到的是中国式的器皿，让他——我这样祈祷应该不算过分吧——让他忽然对自己说："啊！我是一个中国人！"

音乐有教室，因为它需要一个地方放钢琴。理化有教室，因为它需要一个空间放仪器。"国父思想"和"军训"各有教室，体育则花钱更多。那么，容不容许辟一间国学讲坛呢？这样的梦算不算妄想呢？如果我说，教国文也需要一间讲坛——那是因为我有一整个中国想放在里面啊！

我有一个梦！这是一个不忍告诉别人，又不忍不告诉别人的梦啊！

戈壁酸梅汤和低调幸福

前年盛夏，我人在内蒙古的戈壁滩，太阳直射，唉！其实已经不是太阳直射不直射的问题了，根本上你就像站在太阳里面呢！我觉得自己口干舌燥，这时，若有人在身边划火柴，我一定会赶快走避，因为这么一个干渴欲燃的我，绝对有引爆之虞。

"知道我现在最想最想的东西是什么吗？"我问众游伴。

很惭愧，在那个一倒地即可就地成为"速成脱水人干"的时刻，我心里想的不是什么道统的传承，不是民族的休戚，也不是丈夫儿女……

我说："是酸梅汤啦！想想如果现在有一杯酸梅汤……"

此语一出，立刻引来大伙一片回应。其实那时车上尚有凉水。只是，有些渴，是水也解决不了的。

于是大家相约，等飞去北京，一定要去找一杯冰镇酸梅汤来解渴。这也叫"望梅止渴"吧！是以三天后的"梅"来止此刻的"渴"。

北京好像是酸梅汤的故乡，这印象我是从梁实秋先生的文章里读到的。那酸梅汤不只是酸梅汤，它的贩卖处设在琉璃厂。琉璃厂卖的是旧书、旧文物，本来就是清凉之地。客人逛完了，低头饮啜一杯酸梅汤，梁老笔下的酸梅汤竟成了"双料之饮"——是和着书香喝下去的古典冷泉。

及至由内蒙古回到北京，那长安街上哪里找得到什么酸梅汤的影子，到处都在卖可口可乐。

而梁老也早已大去，就算他仍活着，就算他陪我们一起来逛这北京城，就算我们找到了地地道道的酸梅汤，梁老也已经连喝一口的福气也没有了——他晚年颇为糖尿病所苦。在长安街上走着走着，就想落泪，虽一代巨匠，一旦搅入轮回大限，也只能如此草草败下阵去。

好像，忽然之间，"幸福"的定义就跃跃然要进出来了，所谓幸福，就是活着，就是在盛暑苦热的日子喝一杯甘洌沁脾的酸梅汤，虽然这种属于幸福的定义未免定得太低调。

回到台北，我立刻到中药铺去抓几服酸梅汤料（买中药要说"抓"，"抓"字用得真好，是人跟草药间的动作），酸梅汤料其实很简单，基本上是乌梅加山楂，甘草可以略放几片。但在台湾，却流行在每服配料里另加六七朵洛神花。酸梅汤的颜色本来只是像浓茶，有了洛神花便添几分艳俏。如果真把当年北京的酸梅汤盛一盏来和今日台湾的并列，前者如侠士，后者便是侠女了。

酸梅汤当然要放糖，但一定要放未漂白的深黄色粗砂糖，黄糖较甜，而且有一股焦香，糖须趁热搅入（台湾另有很可爱的小粒黄色冰糖，但因是塑胶盒，我便拒买了）。汤汁半凉时，还可以加几匙蜂蜜，蜂蜜忌热，只能用温水调开。

如果有桂花酱，那就更得无上妙谛了。

剩下来的，就是时间，给它一天半天的时间，让它慢慢从鼎沸火烫修炼成冰崖下滴的寒泉。

女儿当时虽已是大学生，但每次骑车从滚滚红尘中回到家里，猛啜一口酸梅汤之际，仍然忍不住又成了雀跃三尺的小孩。古代贵族每有世世相传的家徽，我们市井小民弄不起这种高贵的符号，但一家能有几样"家饮""家食""家点"来传之子孙也算不错，而且实惠受用。古人又喜以宝鼎传世，我想传鼎不如传食谱食方，后者才是"软体"呢！

因为有酸梅汤，溽暑之苦算来也不见得就不能忍受了。

有时，兀自对着热气氤氲上腾的一锅待凉的酸梅汤，觉得自己好像也是烧丹炼汞的术士，法力无边，我可以把来自海峡彼岸的一片梅林、一树山楂和几丛金桂，加上几朵来自东台湾山乡的霞红的洛神花，还有南部平原上的甘蔗田，忽地一抓，全摄入我杯中，成为琼浆玉液。这种好事，令人有神功既成，应来设坛谢天的冲动。

好，我再来重复一次这妙饮的配方：乌梅、山楂、甘草、洛神花、糖、蜂蜜、桂花，加上反复滚沸的慢火和缓缓降温的时间。此外，如果你真的希望让你手中的那杯酸梅汤和我的这杯一样好喝的话，那么你还需再加上一颗对生活"有所待却无所求"的易于感谢的心。

一个女人的爱情观

爱我，只因为我是我，有一点好、有一点坏、有一点痴的我，古往今来独一无二的我，爱我，只因为我们相遇。

我有一根祈雨棍

我有一根祈雨棍，我花钱买来的。

买的地点在加拿大的哥伦比亚冰原，这棍据说是北美印第安人用的。一般观光客为了省钱省力，大概会买根短棍（一尺或二尺长）做纪念品也就罢了。我却贪心，买了根最长的，是根足足四尺的长棍——店主人说祈雨棍最长也就这么长了。而棍子的直径大约是四公分。

扛着这么根长棍，我又一路旅行到阿拉斯加，在海湾里看杀手鲸和海豚优游，看冰崖雪崩的惊心景状。无论走到哪里，这大棍简直像京剧舞台上的齐眉棍，一路引人注目。

祈雨棍的材料是大仙人掌的空心直杆。杆子上原来长满一寸长的利刺，但在制作的时候他们先把杆子晒干，然后很巧妙地把一根根外刺反塞到棍子的内腹部，变成固定的内刺。一根棍子摘了刺，又晒得滑溜干挺，十分趁手。他们再把些小沙小石灌进棍子中空的位置，封好封口，晃动棍子，小沙小石便在众刺中间游走。密封的棍子是极好的共鸣箱，一时之间只闻飞沙走石之声盈盈乎耳，仿佛天风折黄云，迅雷动百草，大雨，显然已迫在眉睫，立刻会兜头兜脸地下下来。

想当年，莽莽的大草原上，清晨时分，上百巫师，一起举起他们的祈雨棍，那轰轰然如飙风如阵雷的声音节奏，必然令人动容。

我不是农人，对下雨不太有概念，雨对都市人造成种种不便，都市人简直希望雨水应该自动消失才好。但近年来水库缺水，我才蓦然惊觉原来雨水比汽油比金子都可贵。对了，如果雨水是人，我要劝他也不宜太好心，充分供应之余就会产生一群忘恩负义的家伙。应该适度缺货，人类才有"大旱望云霓"的谦卑渴想。人类很贱，过不得好日子，并且从来不懂得珍惜上帝不经祈求就赐下来的东西，像日光，像空气。

回到台湾，我把祈雨棍好好珍藏，并且不时拿出来晃两下，聆听那风狂雨骤的声音。祈雨棍提醒我做人宜卑微，原来，无论多么心高气傲的族类，真正碰到长期不下雨的场面，也不免慌了手脚。人类虽然也应自尊自重，但另一方面却也急需知道自己的有限有穷，能有一根祈雨棍来向我耳提面命，令我自卑自逊，也真是一件好事。

亲爱的上苍，请给我顺遂，请给我丰裕，但也时时容我稍稍感受枯竭的惶急和贫乏的伤痛。这样，在大雨沛然之际，我才懂得感恩。而且，如果我已顺遂到不知惶急和伤痛为何物，恐怕在这地球上，有一半的人口在忍受的那种心情已与我绝缘。

枯焦的大地上，我不尊贵，我俯伏，我是为普世的大旱跪求一滴甘霖的祈雨者。

一个女人的爱情观

忽然发现自己的爱情观很土气，忍不住自笑了起来。

对我而言，爱一个人就是满心满意要跟他一起"过日子"，天地鸿蒙荒凉，我们不能妄想把自己扩充为四面八方的空间，只希望以彼此的火烬把属于两人的一世时间填满。

客居岁月，暮色里归来，看见有人当街亲热，竟也视若无睹，但每看到一对人手牵手提着一把青菜一条鱼从菜场走出来，一颗心就忍不住恻恻地痛了起来，一蔬一饭里的天长地久原是如此味永难言啊！相拥的那一对也许今晚就分手，但一鼎一镬里却有其朝朝暮暮的恩情啊！

爱一个人原来就只是在冰箱里为他留一个苹果，并且等他归来。

爱一个人就是在寒冷的夜里不断在他的杯子里斟上刚沸的热水。

爱一个人就是喜欢两人一起收尽桌上的残肴，并且听他在水槽里刷碗的音乐——事后再偷偷把他不曾洗干净的地方重洗一遍。

爱一个人就有权利霸道地说："不要穿那件衣服，难看死了，穿这件，这是我新给你买的。"

爱一个人就是一本正经地催他去工作，却又忍不住躲在他身后想小小地捣几次蛋。

爱一个人就是在拨通电话时忽然不知道要说什么，才知道原来只是想听听那熟悉的声音，原来真正想拨的，只是自己心底的一根弦。

爱一个人就是把他的信藏在皮包里，一日拿出来看几回、哭几回、痴想几回。

爱一个人就是在他迟归时想上一千种坏可能，在想象中经历万般劫难，发誓等他回来要好好罚他，一旦见面却又什么都忘了。

爱一个人就是在众人暗骂："讨厌！谁在咳嗽！"你却急道："唉，唉，他这人就是记性坏啊，我该买一瓶川贝枇杷膏放在他的背包里的！"

爱一个人就是上一刻钟想把美丽的恋情像冬季的松鼠秘藏坚果一般，将之一一放在最隐秘最安妥的树洞里，下一刻钟却又想告诉全世界这骄傲自豪的消息。

爱一个人就是在他的头衔、地位、学历、经历、善行、劣迹之外，看出真正的他不过是个孩子——好孩子或坏孩子——所以疼了他。

也因此，爱一个人就喜欢听他儿时的故事，喜欢听他有几次大难不死，听他如何淘气惹厌，怎样善于玩弹珠或打"水漂漂"，爱一个人就是忍不住替他记住了许多往事。

爱一个人就不免希望自己更美丽，希望自己被记得，希望自己的容颜体貌在极盛时于对方如霞光过目，永不相忘，即使在繁花谢树的残冬，也有一个人沉如历史典册的瞳仁可以见证你的华彩。

爱一个人总会不厌其烦地问些或回答些傻问题，例如："如果我老了，你还爱我吗？""爱！""我的牙都掉光了呢？""我吻你的牙床！"

爱一个人便忍不住迷上那首白发吟：

亲爱，我年已渐老
白发如霜银光耀
唯你永是我爱人
永远美丽又温柔……

爱一个人常是一串奇怪的矛盾，你会依他如父，却又怜他如子，尊他如兄，又复宠他如弟，想师事他，跟他学，却又想教导他把他俘虏成自己的徒弟，亲他如友，又复气他如仇，希望成为他的女皇，他唯一的女主人，却又甘心做他的小丫鬟小女奴。

爱一个人会使人变得俗气，你不断地想：晚餐该吃牛舌好呢，还是猪舌？蔬菜该买大白菜呢，还是小白菜？房子该买在三张犁呢，还是六张犁？而终于在这份世俗里，你了解了众生，你参与了自古以来匹夫匹妇的微不足道的喜悦与悲辛，然后你发觉这世上有超乎雅俗之上的情境，正如日光超越调色盘上的色样。

爱一个人就是喜欢和他拥有现在，却又追记着和他在一起的过去。喜欢听他说，那一年他怎样偷偷喜欢你，远远地凝望着你。爱一个人又总期望着未来，想到地老天荒的他年。

爱一个人便是小别时带走他的吻痕，如同一幅画，带着鉴赏者的朱印。

爱一个人就是横下心来，把自己小小的赌本跟他合起来，向生命的大轮盘去下一番赌注。

爱一个人就是让那人的名字在临终之际成为你双唇间最后的音乐。

爱一个人，就不免生出共同的、霸占的欲望。想认识他的朋友，想了解他的事业，想知道他的梦。希望共有一张餐桌，愿意同用一双筷子，喜欢轮饮一杯茶，合穿一件衣，并且同衾共枕，奔赴一个命运，共寝一个墓穴。

前两天，整收房间，理出一只提袋，上面赫然写着"××孕妇服装中心"，我愕然许久，既然这房子只我一人住，这只手提袋当然是我的了，可是，我何曾跑到孕妇店去买衣服？于是不甘心地坐下来想，想了许久，终于想出来了。我那天曾去买一件斗篷式的土褐色短褛，便是用这只绿色袋子提回来的，我的确闯到孕妇店去买衣服了。细想起来那家店的模特儿似乎都穿着孕妇装，我好像正是被那种美丽沉甸甸的繁殖喜悦所吸引而走进去的。这样说来，原来我买的那件宽松适意的斗篷式短褛竟真是给孕妇设计的。

这里面有什么心理分析吗？是不是我一直追忆着怀孕时强烈的酸苦和欣喜而情不自禁地又去买了一件那样的衣服呢？想多年

前冬夜独起，灯下乳儿的寒冷和温暖便一下子涌回心头，小儿吮乳的时候，你多么希望自己的生命就此为他竭泽啊！

对我而言，爱一个人，就不免想跟他生一窝孩子。

当然，这世上也有人无法生育，那么，就让共同作育的学生，共同经营的事业，共同爱过的子侄晚辈，共同谱成的生活之歌，共同写完的生命之书来做他们的孩子。

也许还有更多更多可以说的，正如此刻，爱情对我的意义是终夜守在一盏灯旁，听车声退潮再复涨潮，看淡紫的天光愈来愈明亮，凝视两人共同凝视过的长窗外的水波，在矛盾的凄凉和欢喜里，在知足感恩和渴切不足里细细体会一条河的韵律，并且写一篇关于爱情观的文章。

地毯的那一端

德：

从疾风中走回来，觉得自己像是被浮起来了。山上的草香得那样浓，让我想到，要不是有这样猛烈的风，恐怕空气都会给香得凝冻起来！

我昂首而行，黑暗中没有人能看见我的笑容。白色的芦荻在夜色中点染着凉意——这是深秋了，我们的日子在不知不觉中临近了。我遂觉得，我的心像一张新帆，其中每一个角落都被大风吹得那样饱满。

星斗清而亮，每一颗都低低地俯下头来。溪水流着，把灯影和星光都流乱了。我忽然感到一种幸福，那样混沌而又陶然的幸福。我从来没有这样亲切地感受到造物的宠爱——真的，我们这样平庸，我总觉得幸福应该给予比我们更好的人。

但这是真实的，第一张贺卡已经放在我的案上了。洒满了细碎精致的透明照片，灯光下展示着一个闪烁而又真实的梦境。画上的金钟摇荡，遥遥地传来美丽的回响。我仿佛能听见那悠扬的音韵，我仿佛能嗅到那沁人的玫瑰花香！而尤其让我神往的，是那几行可爱的祝词："愿婚礼的记忆存至永远，愿你们的情爱与日俱增。"

是的，德，永远在增进，永远在更新，永远没有一个边和底——六年了，我们护守着这份情谊，使它依然焕发，依然鲜洁，正如别人所说的，我们是何等幸运。每次回顾我们的交往，我就仿佛走进博物馆的长廊。其间每一处景物都意味着一段美丽的回忆。每一件东西都牵扯着一个动人的故事。

那样久远的事了。刚认识你的那年才十七岁，一个多么容易犯错误的年纪！但是，我知道，我没有错。我生命中再没有一件决定比这项更正确了。前天，大伙儿一起吃饭，你笑着说："我这个笨人，我这辈子只做了一件聪明的事。"你没有再说下去，妹妹却拍手起来，说："我知道了！"啊，德，我能够快乐地说，我也知道。因为你做的那件聪明事，我也做了。

那时候，大学生活刚刚展开在我面前。台北的寒风让我每日思念南部的家。在那小小的阁楼里，我呵着手写蜡纸。在草木摇落的道路上，我独自骑车去上学。生活是那样黯淡，心情是那样沉重。在我的日记上有这样一句话："我担心，我会冻死在这小楼上。"而这时候，你来了。你那种毫无企冀的友谊四面环护着我，让我的心触及最温柔的阳光。

我没有兄长，从小我也没有和男孩子同学过。但和你交往却是那样自然，和你谈话又是那样舒服。有时候，我想，如果我是男孩子该有多好！我们可以一起去爬山，去泛舟。让小船在湖里任意漂荡，任意停泊，没有人会感到惊奇。好几年以后，我将这些想法告诉你，你微笑地注视着我："那，我可不愿意，如果你真想做男孩子，我就做女孩。"而今，德，我没有变成男孩了，但我们可以去遨游，去做山和湖的梦。因为，我们将有更亲密的关系了。啊，想象中终生相爱相随该是多么美好！

那时候，我们穿着学校规定的卡其服。我新烫的头发又总是被风刮得乱蓬蓬的。想起来，我总不明白你为什么那样喜欢接近我。那年大考的时候，我蜷曲在沙发里念书。你跑来，热心地为我讲解英文文法。好心的房东为我们送来一盘春卷，我慌乱极了，竟吃得洒了一裙子。你瞅着我说："你真像我妹妹，她和你一样大。"我窘得不知如何是好，只是一直低着头，假作抖那长长的裙幅。

那些日子真是冷极了。每逢没有课的下午我总是留在小楼上，弹弹风琴，把一本拜尔琴谱都快翻烂了。有一天你对我说："我常在楼下听你弹琴。你好像常弹那首《甜蜜的家庭》。怎么，在想家吗？"我很感激你的窃听，唯有你了解、关切我凄楚的心情。德，那个时候，当你独自听着的时候，你想些什么呢？你想到有一天我们会组织一个家庭吗？你想到我们要用一生的时间以心灵的手指合奏这首歌吗？

寒假过后，你把那本泰戈尔诗集还给我。你指着其中一行请我看："如果你不能爱我，就请原谅我的痛苦吧！"我于是知道发生什么事了。我不希望这件事发生，我真的不希望。并非由于我厌恶你，而是因为我太珍重这份素净的友谊，反倒不希望有爱情去加深它的色彩。

　　但我却乐于和你继续交往。你总是给我一种安全稳妥的感觉。从头起，我就付给你我全部的信任。只是，当时我心中总向往着那种传奇式的、惊心动魄的恋爱。并且喜欢那么一点点的悲剧气氛。为着这些可笑的理由，我耽延着没有接受你的奉献。我奇怪你为什么仍作那样固执的等待。

　　你那些小小的关怀常令我感动。那年圣诞节你把得来不易的几颗巧克力糖，全部拿来给我了。我爱吃笋豆里的笋子，唯有你注意到，并且耐心地为我挑出来。我常常不晓得照料自己，唯有你想到用自己的外衣披在我身上（我至今不能忘记那衣服的温暖，它在我心中象征了许多意义）。是你，敦促我读书。是你，容忍我偶发的气性。是你，仔细纠正我写作的错误。是你，教导我为人的道理。如果说，我像你的妹妹，那是因为你太像我大哥的缘故。

　　后来，我们一起得到学校的工读金。分配给我们的是打扫教室的工作。每次你总强迫我放下扫帚，我便只好遥遥地站在教室的末端，看你奋力工作。在炎热的夏季里，你的汗水滴落在地上。我无言地站着，等你扫好了，我就去挥挥桌椅，并且帮你把它们排齐。每次，当我们目光偶然相遇的时候，总感到那样兴奋。我们是这样地彼此了解，我们合作的时候总是那样完美。我注意到你手上的硬茧，它们把那虚幻的字眼十分具体地说明了。我们就在那飞扬的尘影中完成了大学课程——我们的经济从来没有富裕过；我们的日子却从来没有贫乏过。我们活在梦里，活在诗里，活在无穷无尽的彩色希望里。记得有一次我提到玛格丽特公主在她婚礼中说的一句话："世界上从来没有两个人像我们这样快乐过。"你毫不在意地说："那是因为他们不认识我们的缘故。"我喜欢你的自豪，因为我也如此自豪着。

我们终于毕业了，你在掌声中走到台上，代表全系领取毕业证书。我的掌声也夹杂在众人之中，但我知道你听到了。在那美好的六月清晨，我的眼中噙着欣喜的泪。我感到那样骄傲，我第一次分享你的成功，你的光荣。

"我在台上偷眼看你，"你把系着彩带的文凭交给我，"要不是中国风俗如此，我一走下台来就要把它送到你面前去的。"

我接过它，心里垂着沉甸甸的喜悦。你站在我面前，高昂而谦和、刚毅而温柔。我忽然发现，我关心你的成功，远远超过我自己的。

那一年，你在军中。在那样忙碌的生活中，在那样辛苦的演习里，你却那样努力地准备研究所的考试。我知道，你是为谁而做的。在凄长的分别岁月里，我开始了解，存在于我们中间的是怎样一种感情。你来看我，把南部的冬阳全带来了。那厚呢的陆战队军服重新唤起我童年时期对于号角和战马的梦。我一直没有告诉你，当时你临别敬礼的镜头烙在我心上有多深。

我帮着你搜集资料，把抄来的范文一篇篇断句、注释。我那样竭力地做，怀着无上的骄傲。这件事对我而言有太大的意义。这是第一次，我和你共赴一件事。所以当你把录取通知转寄给我的时候，我竟忍不住哭了。德，没有人经历过我们的奋斗，没有人像我们这样相期相勉，没有人多年来在冬夜图书馆的寒灯下彼此伴读。因此，也就没有人了解成功带给我们的兴奋。

我们又可以见面了，能见到真真实实的你是多么幸福。我们又可以去做长长的散步，又可以蹲在旧书摊上享受一个闲散的黄昏。我永远不能忘记那次去泛舟。回程的时候，忽然起了大风。小船在湖里直打转，你奋力摇橹，累得一身都汗湿了。

"我们的道路也许就是这样吧！"我望着平静而险恶的湖面说，"也许我使你的负担更重了。"

"我不在意，我高兴去搏斗！"你说得那样急切，使我不敢正视你的目光，"只要你肯在我的船上，晓风，你是我最甜蜜的负荷。"

那天我们的船顺利地拢了岸。德，我忘了告诉你，我愿意留在你的船上，我乐于把舵手的位置给你。没有人能给我像你给我的安全感。

只是，人海茫茫，哪里是我们共济的小舟呢？这两年来，为着成家的计划，我们劳累到几乎虐待自己的地步。每次，你快乐的笑容总鼓励着我。

那天晚上你送我回宿舍，当我们迈上那斜斜的山坡，你忽然驻足说："我在地毯的那一端等你！我等着你，晓风，直到你对我完全满意。"

我抬起头来，长长的道路伸延着，如同圣坛前柔软的红毯。我迟疑了一下，便踏向前去。

现在回想起来，已不记得当时是否是个月夜了，只觉得你诚挚的言辞闪烁着。在我心中亮起一天星月的清辉。

"就快了！"那以后你常乐观地对我说，"我们马上就可以有一个小小的家。你是那屋子的主人，你喜欢吧？"

我喜欢的，德，我喜欢一间小小的陋屋。到天黑时分我便去拉上长长的落地窗帘，捻亮柔和的灯光，一同享受简单的晚餐。但是，哪里是我们的家呢？哪儿是我们自己的宅院呢？

你借来一辆半旧的脚踏车，四处去打听出租的房子，每次你疲惫不堪地回来，我就感到一种痛楚。

"没有合意的，"你失望地说，"而且太贵，明天我再去看。"

我没有想到有那么多困难，我从不知道成家有那么多琐碎的事，但至终我们总算找到一栋小小的屋子了。有着窄窄的前庭，以及矮矮的榕树。朋友笑它小得像个巢，但我已经十分满意了。无论如何，我们有了可以憩息的地方。当你把钥匙交给我的时候，那重量使我的手臂几乎为之下沉。它让我想起一首可爱的英文诗："我是一个持家者吗？哦，是的。但不只，我还得持护着一颗心。"我知道，你交给我的钥匙也不止此数。你心灵中的每一个空间我都持有一枚钥匙，我都有权径行出入。

亚寄来一卷录音带，隔着半个地球，他的祝福依然厚厚地绕着我。那么多好心的朋友来帮我们整理。擦窗子的，补纸门的，扫地的，挂画儿的，插花瓶的，拥拥熙熙地挤满了一屋子。我老觉得我们的小屋快要炸了，快要被澎湃的爱情和友谊撑破了。你觉得吗？他们全都兴奋着，我怎能不兴奋呢？我们将有一个出色的婚礼，一定的。

这些日子我总是累着。去试礼服，去订鲜花，去买首饰，去选窗帘的颜色。我的心像一座喷泉，在阳光下涌溢着七彩的水珠儿。各种奇特复杂的情绪使我眩晕。有时候我也分不清自己是在快乐还是在茫然，是在忧愁还是在兴奋。我眷恋着旧日的生活，它们是那样可爱。我将不再住在宿舍里，享受阳台上的落日。我将不再偎在母亲的身旁，听她长夜话家常。而前面的日子又是怎样的呢？德，我忽然觉得自己好像要被送到另一个境域里去了。那里的道路是我未走过的，那里的生活是我过不惯的，我怎能不惴惴然呢？如果说有什么可以安慰我的，那就是：我知道你必定和我一同前去。

冬天就来了，我们的婚礼在即。我喜欢选择这季节，好和你厮守一个长长的严冬。我们屋角里不是放着一个小火炉吗？当寒流来时，我愿其中常闪耀着炭火的红光。我喜欢我们的日子从黯淡凛冽的季节开始，这样，明年的春花才对我们具有更美的意义。

我即将走入礼堂，德，当结婚进行曲奏响的时候，父亲将挽着我，送我走到坛前，我的步履将凌过如梦如幻的花香。那时，你将以怎样的微笑迎接我呢？

我们已有过长长的等待，现在只剩下最后的一段了。等待是美的，正如奋斗是美的一样，而今，铺满花瓣的红毯伸向两端，美丽的希冀盘旋而飞舞。我将走去即你，和你同去采撷无穷的幸福。当金钟轻摇，蜡炬燃起，我乐于走过众人去立下永恒的誓愿。因为，哦，德，因为我知道，是谁，在地毯的那一端等我。

大型家家酒

事情好像是从那个走廊开始的。

那走廊还算宽，差不多六尺宽，十八尺长，在寸土寸金的中国台北似乎早就有资格摇身变为一间房子了。

但是，我喜欢一条空的走廊。

可是，要"空"，也是很奢侈的事，前廊终于沦落变成堆栈了，堆的东西全是那些年演完戏舍不得丢的大件，譬如说，一张拇指粗的麻绳编的大渔网曾在《武陵人》的开场戏里象征着挣扎郁结的生活。两块用扭曲的木头做的坐墩，几张导演欣赏的白铁皮，是在《和氏璧》中卞和妻子生产时用来制造扭曲痉挛的效果的……那些东西在舞台上，在声光电化所组成的一夕沧桑中当然是动人的，但堆在一所公寓四楼的前廊上却猥琐肮脏，令人一进门就为之气短。

事情的另外一个起因是家里发生了一件灾祸，那就是余光中先生所说的"书灾"。两个人都爱书，偏偏所学的又不同行，于是各人买各人的。原有的书柜放不下，弄得满坑满谷、举步维艰，可恨的是，下次上街，一时兴奋，又忘情地肩驮手抱地成堆地买了回来。

当然，说来书也有一重好处，那时新婚，租了个旧式的榻榻米房子，前院一棵矮榕树，屋后一片猛开的珊瑚藤，在树与藤之间的 10 坪（1 坪＝3.3057 平方米）空间我们也不觉其小，如果不是被左牵右绊弄得人跌跌撞撞的书堆逼急了，我们不会狗急跳墙想到去买房子。不料这一买了房子，数年之间才发现自己也糊里糊涂地有了"百万身价"了，邱永汉说"贫者因书而富"，在我家倒是真有这么回事，只是说得正确点，应该是"贫者因想买房子当书柜而富"。

若干年后，我们陆续添了些书架。

又若干年后，我把属于我的书，一举搬到学校的研究室里，逢人就说，我已经安排了"书的小公馆"。书本经过这番大移民倒也相安了一段时间。但又过了若干年，仍然"书口膨胀"，我想来想去，打算把一面九尺高、二十尺长的墙完全做成书墙。

那时刚放暑假，我打算要好好玩上一票，生平没有学过室内装潢，但隐隐约约只觉得自己会喜欢上这件事。原来的计划只是整理前廊，并做个顶天立地的书橱，但没想到计划愈扯愈大。"一室之不治，何以天下为？"终于决定全屋子大翻修。

天热得要命，我深夜静坐，像入定的老僧，把整个房子思前想后参悟一番，一时之间，屋子的前世此世和来世都来到眼前，于是我无师自通地想好了步骤，第一，我要亲自到全台北市去找材料，这些年来我已经愈来愈佩服"纯构想"了，如果市面上没有某种材料，设计图的构想就不成立。

我先去找瓷砖，有了地的颜色比较好决定房间的色调，瓷砖真是漂亮的东西——虽然也有让人恶心想吐的那种。我选了砖红色的窑变小方砖铺前廊，窑变砖看来像烤得特别焦脆香滋的小饼，每一条纹路都仿佛火的图案，厨房铺土黄，浴室则铺深蓝的罗马瓷砖，为了省钱算准了数目只买二十七块。

两个礼拜把全台北的瓷砖看了个饱，又交了些不生不熟的卖瓷砖的朋友，我觉得无限得意。

厨房流理台的估价单出来了，光是不锈钢厨具竟要七八万，我吓呆了，我才不买那玩意儿，我自有办法解决。

到建国南路的旧料行去，那里原是我平日常去的地方，不买什么，只是为了转来转去地去看看那些旧木料，桧木、杉木、香杉……静静地躺在阳光下、蔓草间。那天下午我驾轻就熟地去买了一条八尺长的旧杉木，只花三十块钱，原想坐计程车回家，不料木料太长，放不进去，我就扛着它在夕阳时分走到信义路去搭公车，姿势颇像一个扛枪的小兵。回到家把木头刷上透明漆，纹理斑节像雕塑似的全显出来了，真是好看。我请工人把木头钉在墙上，木头上又钉些粗铁钉（那种钉有手指粗，还带一个90度的钩，我在重庆北路买到的，据说原来是钉铁轨用的），水壶、水罐、平底锅就挂在上面，颇有点美国殖民地时期的风味。

其实，白亮的水壶，以及高雄船上卖出来的大肚水罐都是极漂亮的东西，花七八万块买不锈钢厨具来把它们藏起来太可惜了。我甚至觉得一只平底锅跟一个花钵是一样亮眼的东西，大可不必藏拙。

我决定在瓦斯炉下面做一个假的老式灶，我拒绝不了老灶的诱惑。小时候读过刘大白的诗，写村妇的脸被灶火映红的动人景象，不知道是不是那首诗作怪，我竟然真的傻里傻气地满台北去找生铁铸的灶门。有人说某个铁工厂有，有人说莺歌有，有人说后车站有，有人说万华有……我不管消息来源可靠不可靠，竟认真地一家一家地去问。我走到双连，那是我小时候住过的地方，走着走着，二三十年的中国台北在脚下像浪一样涌动起来。我曾经多爱吃那小小圆圆中间有个小洞的芝麻饼（咦！现在也不妨再买个来吃呀），我曾在挤得要死的人群里惊看野台戏中的蚌壳精如何在翻搅的海浪中载浮载沉。铁路旁原来是片大泥潭，那些大片的绿叶子已经记不得是芋头叶还是荷叶了，只记得有一次去采叶子几乎要陷下去，愈急愈拔不出脚来……

三十年，把一个小女孩走成一个妇人，双连，仍是熙熙攘攘的双连。而此刻走着走着，竟变魔术似的，又把一个妇人走回为一个小女孩。

天真热，我一路走着，有点忘记自己是出来买灶门的了，猛然一惊，赶紧再走，灶门一定要买到，不然就做不成灶了。

"灶门是什么？"一个年轻的伙计听了我的话高声地问他的

老头家。

我继续往前走，那家伙大概是太年轻了。

"你跟我到后面仓库去看看。"终于有一位老头答应我去翻库存旧货。

"哎哟，"他唠唠叨叨地问着，"台北市哪有人用灶门，你是怎么会想到用灶门的？"

天，真给他翻到了！价钱他已经不记得了，又在灰尘中去翻一本陈年账簿。

我兴冲冲地把灶门交给泥水工人去安装，他们一直不相信这东西还没有绝迹。

灶门里头当然没有烧得毕剥的木柴，但是我也物尽其用地放了些瓶瓶罐罐在肚子里。

不知道在中国台北市万千公寓里，有没有哪个厨房里有一个"假灶"的，我觉得在厨房里自苦了这么多年，用一个棕红色瓷砖砌的假灶来慰劳自己一下，是一件言之成理的事。自从有了这个灶，丈夫总把厨房当作观赏胜地引朋友来看，有些人竟以为我真的有一个灶，我也不去说破它。

给孩子们接生的英国大夫退休了，他有始有终地举行了结束仪式。不久后，那栋原来是诊所的日式房子就拆了。有一天，我心血来潮，想去看看那房子的旧址。曾经也是夏天，在那栋房子里，大夫曾告诉我初孕的消息，我和丈夫，一路从那巷子里走出来，回家，心里有千言万语……孩子出生，孩子在诊所那小小的婴儿磅秤上越称越大，终于大到快有父母高了……

而医院，此刻是废墟，我想到那湮远的生老病死……

忽然，我低下头来，不得了，我发现了一些被工人拆散的木雕了，我趴在地上仔细一看，禁不住怦然心动，这样美丽！上有一幅松鼠葡萄，当下连忙抱了一堆回家。等天色薄暮了，才把训练尚未有素而脸皮犹薄的丈夫拉来，第二次的行动内容是拔了一些黄金葛，并且扛了一些乡下人坐的那种条凳，浩浩荡荡而归。

那种旧式的连绵的木雕有些破裂，我们用强力胶粘好，挂在前廊，又另外花四十元买了在旧料行草丛里翻出来的一块棕色的屋角瓦，也挂在墙上，兴致一时弄得愈来愈高，把别人送的一些极漂亮的装潢参考书都傲气十足地一起推开，那种书看来是人为占地两英亩的房子设计的，跟我们没有关系，我对自己愈来愈有自信了。

我又在邻巷看中了一个陶瓮，想去"骗"来。

我走到那家门口，向那老太婆买了一盆一百块钱的植物，她是个"业余园艺家"，常在些破桶烂缸里种些乱七八糟的花草，偶然也有人跟她买，她的要价不便宜，但我毫不犹豫地付了钱，然后假装漫不经心地指着陶瓮说：

"把那个附送给我好不好？"

"哦，从前做酒的，好多年不做了，你要就拿去吧！"

我高兴得快要笑出来，牛刀小试，原来我也如此善诈，她以为我是嫌盆栽的花盆太小，要移植到陶瓮里去。那老太婆向来很计较，如果让她知道我爱上那只陶瓮，她非猛敲一记不可。

陶瓮虽然只有尺许高容量却惊人，过年的时候，我把向推车乡下人买来的大白菜和萝卜全塞进去，隐隐觉得有一种沉坠坠喜滋滋的北方农家地窖子里的年景。

过年的时候存放阳明山橘子的是一口小水缸，那缸也是捡来的，巷子里拆违章建筑的时候，原主人不要的。缸平日放我想看而一时来不及看的报纸。

我们在桶店里买了两个木桶，上面还有竹制的箍子，大的那个装米，小的那个装糖，我用茶褐色漆把桶子的杉木料涂得旧兮兮的，放在厨房里。

婆婆有一只黑箱子，又老又笨，四面包着铁角，婆婆说要丢掉，我却喜欢它那副笨样子，要了来，当客厅的茶几。箱子里面是一家人的小箱子，我一直迷信着"每个孩子都是伴着一只小箱子长大的"，一只蝉壳，一张蝴蝶书笺，一个茧，一块石头，那样琐琐碎碎的一只小盒子的牵挂。然后，人长大了，盒子也大了，一口锅，一根针，一张书桌，一面容过两个人三个人四个人的镜子……有一天才发现箱子大成了房子，男孩女孩大成了男人女人，那个盒子就是家了。

我曾在彰化买过五个磬，由大到小一路排下去，现在也拿来放在书架上，每次累了，我就依次去敲一下，一时竟有点"古木无人径，深山何处钟"的错觉。

我一直没发现玩房子竟是这么好玩的，不知道别人看来像不像在办"家家酒"。原来不搞壁纸，不搞地毯也可以室内设计。

我第一次一个人到澎湖去的时候，曾惊讶地站在一家小店门口。

"那是什么？"

"鲸鱼的脊椎骨，另外那个像长刀的是鲸鱼的肋骨。"

"怎么会有鲸鱼的骨头的？"

"有一条鲸鱼，冲到岸上来，不知怎么死了，后来海水冲刷了不知多少年，只剩下白骨了，有人发现，捡了来，放在这里卖，要是刚死的鲸鱼，骨头里全是油，哪里能碰！"

"脊椎骨一截多少钱？"

"大的一截六百。"

我买了个最大的来，那样巨大的脊椎骨，分三个方向放射开来，有些生物是死得只剩骨头也还是很尊严高贵的。

我第二次去澎湖的时候，在市场里转来转去，居然看到了一截致密的竹根牛轭，喜欢得不得了，我一向以为只有木料才可以做轭，没想到会有澎湖的牛拉竹轭。

"你买这个干什么？"

虽然我也跟别人一样付一百八十元，可是老板非常不以为然。我想告诉他，有一本书叫《圣经》，其中《马太福音》里有一段是这样说的：

"你们应当负我的轭，学我的样式。"

我又想说：

"负轭犁田的，岂止是牛，我们也得各自负起轭来，低着头，慢慢地走一段艰辛悠长的路。"

但我什么也没有说，只一路接受些并无恶意的怪笑，把那副轭和丈夫两人背回来。

对于摆设品，我喜欢诗中"无一字无来历"的办法，也就是说，我喜欢有故事有出身的东西。

而现在，鱼骨在客厅茶几上，像一座有宗教意味的香炉。轭在高墙上挂着，像一枚"受苦者的图腾"。

床头悬的是一副笒筛，因为孔多，中国台湾人结婚时用它预兆百子千孙。我们当然不想百子千孙，只想两子四孙，所以给筛子找了个"象征意义"，筛子也可以表示"精神绵延"，不过，这些都无关紧要，基本上我是从普通艺术的观点来惊看筛子的美感。筛子里放了两根路过新墨西哥州买的风干红玉米和杂色玉米，两根印第安人种的玉米，怎么会跑到中国人编的笒筛里来？也只能说是缘分吧！人跟物的聚散，或者物跟物的聚散，除了用缘分，又能用什么解释呢？

除了这些，还有一种东西，我魂牵梦绕，却弄不到手，那就是石磨，太重了，没有缘，只好算了。

丈夫途经中部乡下买了两把秫秸扫把，算是对此番天翻地覆的整屋事件（作业的确从天花板弄到地板）的唯一贡献。我把它分别钉在墙上，权且当作画。寻加女就是"妇"，想到自己做了半生的执帚人，心里渐渐浮起一段话，托人去问台静农先生可不可以写，台先生也答应了，那段话是这样的：

"杜康以秫造酒，余则制帚（意指'秫秸扫帚'为取秫造酒后的余物），酒令天下浊，帚令一古清，吾欲倾东海洗乾坤，以天下为一洒扫也。"

我时而对壁发呆，不知怎么搞的，有时竟觉得台先生的书法已经悬在那里了，甚至，连我一直想在卧房门口挂的"有巢"和厨房里挂"燧人"斗方，也恍惚一并写好悬在那里了——虽然我还迟迟没去拜望书法家。

九月开学，我室内设计的狂热慢慢冷了，但我一直记得，那个暑假我玩房子玩得真愉快。

初绽的诗篇

白莲花

二月的冷雨浇湿了一街的路灯，诗诗。

生与死，光和暗，爱和苦，原来都这般接近。

而诗诗，这一刻，在待产室里，我感到孤独，我和你，在我们各人的世界里孤独，并且受苦。诗诗，所有的安慰，所有怜惜的目光为什么都那么不切实际？谁会了解那种疼痛，那种扭曲了我的身体，击碎了我的灵魂的疼痛，我挣扎，徒然无益的哭泣，诗诗，生命是什么呢？是崩裂自伤痕的一种再生吗？

雨在窗外，沉沉的冬夜在窗外，古老的炮仗在窗外，世界又宁谧又美丽，而我，诗诗，何处是我的方向？如果我死，这将是我躺过的最后一张床，洁白的，隔在待产室幔后的床。我留我的爱给你，爱是我的名字，爱是我的写真。有一天，当你走过蔓草荒烟，我便在那里向你轻声呼喊——以风声，以水响。

诗诗,黎明为什么这样遥远?我的骨骼在山崩,我的血液在倒流,我的筋络像被灼般地纠起,而诗诗,你在哪里?

他们推我入产房,诗诗,人间有比这更孤绝的地方吗?那只手被隔在门外——那终夜握着我的手,那多年前在月光下握着我的手。他的目光,他的祈祷,他的爱,都被关在外面,而我,独自步向不可测的命运。

所有的脸退去,所有的往事像一支弃置的牧笛。室中间,一盏大灯俯向我仰起的脸,像一朵倒生的莲花,在虚无中燃烧着千层洁白。花是真,花是幻,花是一切,诗诗。

今夜太长,我已疲倦,疲于挣扎,我只想嗅嗅那朵白莲花,嗅嗅那亘古不散的幽香。

花是你,花是我,花是我们永恒的爱情,诗诗。

四月的迷迭香

似乎是四月,似乎是原野,似乎是蝶翅乱扑的花之谷。

"呼吸,深深地呼吸吧!"从遥远的地方,有那样温柔的声音传来。

我在何处,诗诗,疼痛渐远,我听见金属的碰撞声,我闻着那样沁人的香息。你在何处,诗诗。

"用力!已经看见头了!用力!"

诗诗,我是星辰,在崩裂中涣散。而你,诗诗,你是一颗全新的星,新而亮,你的光将照彻今夜。

诗诗，我望着自己，因汗和血而潮湿的自己，忽然感到十字架并不可怕，髑髅地并不可怕，荆棘冠冕并不可怕，孤绝并不可怕——如果有对象可以爱，如果有生命可为之奉献，如果有理想可前去流血。

"呼吸，深深地呼吸。"

何等的迷迭香，诗诗，我就浮在那样的花香里，浮在那样无所惧的爱里。

早晨已经来，万象寂然，宇宙重新回到太古，混沌而空虚，只有迷迭香，沁人如醉的迷迭香，诗诗，你在哪里？

我仍清楚地感到手术刀的宰割，我仍能感到温热的血在流，血，以及泪。

我仍感觉到我苦苦的等待。

歌手

像高悬的瀑布，你猝然离开了我。

"恭喜啊，是男孩儿。"

"谢谢。"我小声地说，安慰，而又悲哀。

我几乎可以听到他们剪断脐带的声音，我们的生命就此分割了，分割了，以一把利剪。诗诗，而今而后，虽然表面上我们将住在一个屋子里，我将乳养你，抱你，亲吻你，用歌声送你去每晚的梦中，但无论如何，你将是你自己了。你的眼泪，你的欢笑，都将与我无分，你将扇动你自己的羽翼，飞向你自己的晴空。

诗诗，可是我为什么哭泣，为什么我老想着要挽回什么。

世上有什么角色比母亲更孤单，诗诗，她们是注定要哭泣的，诗诗，容我牵你的手，让我们尽可能地接近。而当你飞翔时，容我站在较高的山头上，去为你担心每一片过往的云。

他们为什么不给我看你的脸，我疲惫地沉默着。但忽然，我听见你的哭。

那是一首诗，诗诗。这是一种怎样的和谐呢？啼哭，却充满欢欣，你像你的父亲，有着美好的 tenor（男高音）嗓子，我一听就知道。

而诗诗，我的年幼的歌手，什么是你的主题呢？一些赞美？一些感谢？一些敬畏？一些迷惘？但不论如何，它们感动了我，那样简单的旋律。

诗诗，让你的歌持续，持续在生命的死寂中。诗诗，我们不常听到流泉，我们不常听到松风，我们不常有伯牙，不常有华格纳，但我们永远有婴孩。有婴孩的地方便有音乐，神秘而美丽，像传抄自重重叠叠的天外。

诗诗，歌手，愿你的生命是一支庄严的歌，有声，或者无声，去充满人心的溪谷。

丁大夫和画

丁大夫来自很远的地方，诗诗，很远很远的爱尔兰，你不曾知道他，他不曾知道你。当他还是一个吹着风笛的小男孩，他何尝知道半个世纪以后，他将为一个黑发黑睛的孩子引渡？诗诗，．是一双怎样的手安排他成为你所见到的第一张脸孔？

他有多么好看的金发和金眉，他和善的眼神和红扑扑的婴儿般的脸颊使人觉得他永远都在笑。

当去年初夏，他从化验室中走出来，对我说"恭喜你"的时候，我真想吻他的手。他明亮的浅棕色的眼睛里充满了了解和美善，诗诗，让我们爱他。

而今天早晨，他以钳子钳你巨大的头颅，诗诗，于是你就被带进世界。

当一切结束，终夜不曾好睡的他舒了一口气。有人在为我换干净的褥单，他忽然说："看啊，我可以到巴黎去，我画得比他们好。"

满室的护士都笑了，我也笑，忽然，我才发现我疲倦得有多么厉害。

他们把那幅画拿走了，那幅以我的血我的爱绘成的画，诗诗，那是你所见的第一幅画，生和死都在其上，诗诗，此外不复有画。

推车，甜蜜的推车，产房外有忙碌的长廊，长廊外有既忧苦又欢悦的世界，诗诗。

丁大夫来到我的床边，和你愣然的父亲握手。

"让我们来祈祷。"他说，合上他厚而大的巴掌——那是医治者的掌，也是祈祷者的掌，我不知道我更爱他的哪一种掌。

"上帝，我们感谢你，

因为你在地上造了一个新的人，

保护他，使他正直，

帮助他，使他有用。"

诗诗，那时，我哭了。

诗诗，二十七年过去，直到今晨，我才忽然发现，什么是人，我才了解，什么是生存，我才彻悟，什么是上帝。

诗诗，让我们爱他，爱你生命中第一张脸，爱所有的脸——可爱的，以及不可爱的，圣洁的，以及有罪的，欢愉的，以及悲哀的。直爱到生命的末端，爱你黑瞳中最后的脸。

诗诗。

红樱

无端地，我梦见夹道的红樱。

梦中的樱树多么高，多么艳，我的梦遂像史诗中的特洛城，整个地被燃着了，我几乎可以听见火焰的噼啪声。

而诗诗，我骑一辆跑车，在山路上曲折而前。我觉得我在飞。

于是，我醒来，我仍躺在医院白得出奇的被褥上。那些樱花呢？那些整个春季里真正只能红上三五天的樱瓣呢？

因此就想起那些山水，那些花鸟，那些隔在病室之外的世界。诗诗，我曾狂热地爱过那一切，但现在，我却被禁锢，每天等待四小时一次的会面，等待你红于樱的小脸。

当你偶然微笑，我的心竟觉得容不下那么多的喜悦，所谓母亲，竟是那么卑微的一个角色。

但为什么，当我自一个奇特的梦中醒来，我竟感到悲哀。春花的世界似乎离我渐远了，那种悠然的岁月也向我挥手作别。而今而后，我只能生活在你的世界里，守着你的摇篮，等待你的学步，直到你走出我的视线。

我闭上眼睛，想再梦一次樱树——那些长在野外，临水自红的樱树，但它们竟不肯再来了。

想起十六岁那年，站在女子中学的花园里所感到的眩晕。那年春天，波斯菊开得特别放浪，我站在花园中间，四望皆花，真怕自己会被那些美击昏。

而今，诗诗，青春的梦幻渐渺，余下唯一比真实更真实，比美善更美善的，那就是你。

但诗诗，你是什么呢，是我多梦的生命中最后的一梦吗？

祝福那些仍眩晕在花海中的少年，我也许并不羡慕他们。但为什么，诗诗？我感到悲哀，在白贝壳般的病房中，在红樱亮得人眼花的梦后。

在静夜里

你洞悉一切，诗诗，虽然言语于你仍陌生。而此刻，当你熟睡如谷中无风处的小松，让我的声音轻掠过你的梦。

如果有人授我以国君之荣，诗诗，我会退避，我自知并非治世之才。如果有人加我以学者之尊，我会拒绝，诗诗，我自知并非渊博之士。

但有一天，我被封为母亲，那荣于国君尊于学者的地位，而我竟接受。诗诗。因此当你的生命在我的腹中被证实，我便惶然，如同我所孕育的不只是一个婴儿，而是一个宇宙。

世上有何其多的女子，敢自卑于一个母亲的位分，这令我惊奇，诗诗。

我曾努力做一个好的孩子，一个好的学生，一个好的教师，一个好的人。但此刻，我知道，我最大的荣誉将是一个好的母亲。

当你的笑意，在深夜秘密的梦中展现，我就感到自己被加冕。而当你哭，闪闪的泪光竟使东方神话中的珠宝全为之失色。当你的小膀臂如萝藤般缠绕着我，每一个日子都是神圣的母亲节。当你晶然的小眼望着我，遍地都开着五月的康乃馨。

因此，如果我曾给你什么，我并不知道。我只知道，你给我的令我惊奇，令我欢悦，令我感戴。

想象中，如果有一天你已长大，大到我们必须陌生，必须误解，那将是怎样的悲哀。故此，我们将尽力去了解你，认识你，如同岩滩之于大海。我愿长年地守望你，熟悉你的潮汐变幻，了解你的每一拍波涛。我将尝试着同时去爱你那忧郁沉静的蓝和纯洁明亮的白——甚至风雨之夕的灰浊。

如果我的爱于你成为一种压力，如果我的态度过于笨拙，那么，请你原谅我，诗诗，我曾诚实地期望为你做最大的给付，我曾幻想你是世间最幸福的孩童。如果我没有成功，你也足以自豪。

我从不认为"天下无不是的父母"，如果让全能者来裁判，婴儿永远纯洁于成人。如果我们之间有一人应向另一人学习，那便是我。帮助我，孩子，让我自你学习人间的至善。我永不会要求你顺承我，或者顺承传统，除了造物者自己，大地上并没有值得你顶礼膜拜的金科玉律。世间如果有真理，那真理自在你的心中。

若我有所祈求，若我有所渴望，那便是愿你容许我更多爱你，并容许我向你支取更多的爱。在这无风的静夜里，愿我的语言环绕你，如同远远近近的小山。

如果你是天使

如果你是天使，诗诗，我怎能想象如果你是天使。

若是那样，你便不会在夜静时啼哭，用那样无助的声音向我说明你的需要，我便不会在寒冷的冬夜里披衣而起，我便无法享受拥你在我的双臂中，眼见你满足地重新进入酣睡的快乐。

如果你是天使，诗诗，你便不会在饥饿时转动你的颈子，噘着小嘴急急地四下索乳。诗诗，你永不知道你那小小的动作怎样感动着我的心。

如果你是天使，在每个宁馨的午觉后，你便不会悄无声息地爬上我的大床，攀着我的脖子，吻我的两颊，并且咬我的鼻子，弄得我满脸唾津，而诗诗，我是爱这一切的。

如果你是天使，你不会钻在桌子底下，你便不会弄得满手污黑，你便不会把墨水涂得一脸，你便不会神通广大地把不知何处弄到的油漆抹得一身，但，诗诗，每当你这样做时，你就比平常可爱一千倍。

如果你是天使，你便不会扶着墙跌跌撞撞地学走路，我便无缘欣赏倒退着逗你前行的乐趣。而你，诗诗，每当你能够多走几步，你便笑倒在地，你那毫无顾忌的大笑，震得人耳麻，天使不会这些，不是吗？

并且，诗诗，天使怎会有属于你的好奇，天使怎么会蹲在地下看一只细小的黑蚁，天使怎会在春天的夜晚讶然地用白胖的小手，指着满天的星月，天使又怎会没头没脑地去追赶一只笨拙的鸭子，天使怎会热心地模仿邻家的狗吠，并且学得那么酷似。

当你做坏事的时候，当你伸手去拿一本被禁止的书，当你蹑着脚走近花钵，你那四下溜目的神色又多么令人绝倒，天使从来不做坏事，天使温顺的双目中永不会闪过你做坏事时那种可爱的贼亮，因此，天使远比你逊色。

而每天早晨，当我拿起手提包，你便急急地跑过来抱住我的双腿，你哭喊、你撕抓，做无益的挽留——你不会如此的，如果你是天使——但我宁可你如此，虽然那是极伤感的时刻，但当我走在小巷里，你那没有掩饰的爱便使我哽咽而喜悦。

如果你是天使，诗诗，我便不会听到那样至美的学话的呀呀，我不会因听到简单的"爸爸""妈妈"而泫然，我不会因你说了串无意义的音符便给你那么多亲吻，我也不会因你在"爸妈"之外，第一个会说的字是"灯"便肯定灯是世间最美丽的东西。

如果你是天使，你决不会唱那样难听的歌，你也不会把小钢琴敲得那么刺耳，不会撕坏刚买的图画书，不会扯破新买的衣服，不会摔碎妈妈心爱的玻璃小鹿，不会因为一件不顺心的事而乱蹬着两条结实的小腿，并且把小脸涨得通红。但为什么你那小小的坏事使我觉得可爱，使我预感到你性格中的弱点，因而觉得我们的接近，并且因而觉得有宠爱你的必要。

也许你会有更清澈的眼睛、更红嫩的双颊、更美丽的金发和更完美的性格——如果你是天使。但我不需要那些，我只满意于你，诗诗，只满意于人间的孩童。

让天使们在碧云之上鼓响他们快乐的翅，我只愿有你，在我的梦中，在我并不强壮的臂膀里。

贝展

让我们去看贝壳展览，诗诗，让我们去看那光彩的属于海上的生命。

而海，诗诗，海多么遥远，那吞吐着千浪的海，那潜藏着鱼龙的海，那使你母亲的梦境为之芬芳的海。

海在何处？诗诗，它必是在千山之外，我已久违了那裂岸的惊涛，我已遗忘了那溺人的柔蓝，眼前只有贝，只有博物馆灯下的彩晕向我见证那澎湃的所在。

诗诗！这密雨的初夏，因一室的贝壳而忧愁了，那些多色的躯壳，似乎只宜于回响一首古老的歌，一段被人遗忘的诗。但人声嘈杂，人潮汹涌，有谁回顾那曾经蠕动的生命，有谁怜惜那永不能回到海中的旅魂。

而你，你童稚的黑睛中只曾看见彩色的斑斓，那些美丽于你似乎并不惊奇，所有的美好，在你都是一种必然，因你并不了解丑陋为何物。丑陋远在你的经验之外。

从某一个玻璃柜走过，我突然驻足不前，那收藏者的名字乍然刺痛了我，那曾经响亮的名字如今竟被压在一列寂寞的贝壳之下，记得他中年后仍炯然的双目，他的多年来仍时常夹着激愤的声音，但数年不见，何图竟在冷冷的玻璃板下遇见他的名字，想着他这些年的岁月，心中便凄然，而诗诗，你不会懂得这些——当然，也许有一天你会懂。啊，想到你会懂，我便欲哭。当初我的母亲何尝料到我会懂这一切，但这一天终会来的，伊甸园的篱笆终会倾倒。

且让我们看这些贝，诗诗，这些空洞的躯壳多么像一畦春花，明艳而闪烁。看那碎红，看那皎白，看那沉紫，看那腻黄，诗诗，看那悲剧性的生命。

六月的下午，诗诗，站在千形的贝前，我们怎能不垂泪，为死去的贝，为老去的拾贝人，为逸去的恋海的梦。

诗诗，不要收起你惊异的小眼神，不要探询，且把玩这一枚我为你买的透明的小贝。有一天，或许一天，我们把它带回海边，重放它入那一片不损不益的明蓝。

蝉鸣季

七月了，诗诗。蝉鸣如网，撒自古典的蓝空，蝉鸣破窗而来，染绿了我们的枕席。

诗诗，你的小嘴吱然作声，那么酷似地模仿着，像模仿什么美丽的咏叹调。而诗诗，蝉在何处，在尤加利最高的枝梢上，在晴空最低的流云上，抑或在你常红的两唇上。

而当你笑，把七月的绚丽，垂挂在你细眯的眼睫外，你可曾想及那悲剧的生命，那十几年在地下，却只留一夏在南来的薰风中的蝉？而当它歌唱，我们焉知那不是一种深沉的静穆？

蝉鸣浮在市声之上，蝉鸣浮在凌乱的楼宇之上，蝉鸣是风，蝉鸣是止不住的悲悯。诗诗，让我们爱这最后的，挣扎在城市里的音乐。

曾有一天黄昏，诗诗，曾有一天黄昏，你的母亲走向阳明山半山的林荫里，年轻人的营地里有一场演讲会。一折入那鼓着山风的小径，她的心便被回忆夺去。十年了，小径如昔，对面观音山的霞光如昔，千林的蝉声如昔。但十年过去，十年前柔蓝的长裙不再，十年前的马尾结不再，诗诗，我该坦然，或是驻足叹息。

那一年，完整的四个季节，你的母亲便住在这山上，杜鹃来潮时，女孩子的梦便对着穿户的微云绽开。那男孩总是从这条山径走来——那男孩，诗诗，曾和你母亲在小径上携手的，会和你母亲在山泉中濯足的，现在每天黄昏抱你在他的膝上，让你用白蚕似的小指头去探他的胡茬。

诗诗，蝉声翻腾的小径里，十年便如此飞去。诗诗，那男孩和那女孩的往事被吹在茫然的晚风里，美丽，却模糊——如同另一个山头的蝉鸣。

偶低头，一只尚未蜕皮的蝉正笨拙地走向相思林，微温的泥粘在它身上，一种说不出的动人。

她，你的母亲，或者说那女孩吧——我并不知道她是谁——把它捡起。

它的背上裂着一条神秘的缝，透过那条缝，壳将死，蝉将生，诗诗，蝉怎能不是一首诗？

那天晚上，灯下的蝉静静地展示出它黑艳的身躯，诗诗，这是给你的。诗诗，蝉声恒在，但我们只能握着今岁的七月，七月的风，风中的蝉。

七月一过，蝉声便老。薰风一过，蝉便不复是蝉，你不复是你。诗诗，且让我们听长夏欢悦而惆怅的咏叹词，听这生命的神秘跫音，响自这城市中最后的凉柯。

花担

诗诗，春天的早晨，我看见一个女人沿着通往城市的路走来。

她以一根扁担，担着两筐子花。诗诗你能不惊呼吗？满满两大筐水晶一般硬挺而透明的春花。

一筐在前，一筐在后，她便夹在两筐璀璨之间。半截青竹剖成的扁担微作弓形，似乎随时都准备要射发那两筐箭镞般的待放的春天。

淡淡的清芬随着她的脚步，一路散播过来。当农人在水田里插那些半吐的青色秧针，她便在黑柏油的路上插下恍惚的香气。诗诗，让我们爱那些香气，从春泥中酿成的香气。

当她行近，诗诗，当她的脸骤然像一张距离太近的画贴近我时，我突然怔住了。汗水自她的额际流下，将她的土布衫子弄湿了。我忍不住自责，我只见到那些缤纷的彩色，但对她而言，那是何等的负荷，她吃力地走着，并不强壮的肩膀被压得微微倾斜。

诗诗，生命是一种怎样的负担？

当她走远，我仍立在路旁，晨露未晞，青色的潮意四面环绕着我们。诗诗，我迷惘地望着她和她那逐渐没入市尘的模糊的花担。

她是快乐的呢，还是痛苦的呢？

诗诗，担着那样的担子是一种怎样的感觉呢？走这样的一段路又是怎样的一段路呢？想着想着，我的心再度自责，我没有资格怜悯她，我只该有敬意——对负重者的敬意。

那天早晨，当我们从路旁走开，我忽然感到那担子的重量也压在我的两肩上。所有美丽的东西似乎总是沉重的——但我们的痛苦便是我们的意义，我们的负荷便是我们的价值。诗诗，世上怎能有无重量的鲜花？人间怎能有廉价的美丽？

诗诗，且将你的小足举起，让我们沿着那女人走过的路回去。诗诗，当你的脚趾初履大地的那一天，荆棘和碎石便在前路上埋伏着了。诗诗，生命的红酒永远榨自破碎的葡萄，生命的甜汁永远来自压干的蔗茎。今年春天，诗诗，今年春天让我们试着去了解，去参透。诗诗，让我们不再祈祷自己的双肩轻松，让我们只祈祷我们挑着的是满筐满篓的美丽。

诗诗，愿今晨的意象常在我们心中，如同光热常在春阳中。

第一首诗

诗诗，冬天的黄昏，雨的垂帘让人想起江南，你坐在我的膝上，美好的宽额犹如一块湿润的白玉。

于是，开始了我们的第一首诗：

> 床前明月光，
> 疑是地上霜。
> 举头望明月，
> 低头思故乡。

诗诗，简单的字，简单的旋律，只两遍，你就能上口了。你高兴地嚷着，把它当成一支新学会的歌，反复地吟诵，不满两岁的你竟能把抑扬顿挫控制得那么好。

满城的灯光像秋后的果实，一枚枚地在窗外亮了起来，我却木然地垂头，让泪水在渐沉的暮霭中纷落。

诗诗，诗诗，怎样的一首诗，我们的第一首诗。在这样凄惶的异乡黄昏，在窗外那样陌生的棕榈树下，我们开始了生命中的第一首诗，那样美好的，又那样哀伤的绝句。

八岁，来到这个岛上，在大人的书堆里搜出一本唐诗，糊里糊涂地背了好些，日子过去，结了婚，也生了孩子，才忽然了解什么是乡愁。想起那一年，被爷爷带着去散步，走着走着，天蓦地黑了，我焦急地说：

"爷爷，我们回家吧！"

"家？不，那不是家，那只是寓。"

"寓？"我更急了，"我们的家不是家吗？"

"不是，人只有一个家，一个老家，其他的地方都是寓。"

如果南京是寓，新生南路又是什么？

诗诗，请停止念诗吧，客中的孤馆无月也无霜。我不明白我为什么在冬日的黄昏里想起这首诗，更不明白为什么把它教给稚龄的你。诗诗，故乡是什么，你不会了解，事实上，连我也不甚了解。除了那些模糊的记忆，我只能向故籍中去体认那"三秋桂子"的故乡，那"十里荷香"的故乡。但于你呢？永远忘不了那天你在客人面前表演完了吟诗，忽然被突如其来的问题弄乱了手脚。

"你的故乡在哪里？"

你急得满房子乱找，后来却又宽慰地拍着口袋说："在这里。"满堂的笑声中我却忍不住地心痛如绞。

在哪里呢？诗诗，一水之隔，一梦之隔，在哪里呢？

诗诗，有一天，当你长大，当你浪迹天涯，在某一个月如素练的夜里，你会想起这首诗。

那时，你会低首无语，像千古以来每个读这首诗的人。那时候，你的母亲又将安在？她或许已合上那忧伤多泪的眼，或许仍未合上，但无论如何，她会记得，在那个宁静的冬日黄昏，她曾抱你在膝上，一起轻诵过那样凄绝的句子。

让我们念它，诗诗，让我们再念：

床前明月光，
疑是地上霜。
举头望明月，
低头思故乡。

母亲的羽衣

讲完了牛郎织女的故事，细看儿子已经垂睫睡去，女儿却犹自瞪着坏坏的眼睛。

忽然，她一把抱紧我的脖子把我坠得发疼："妈妈，你说，你是不是仙女变的？"

我一时愣住，只胡乱应道："你说呢？"

"你说，你说，你一定要说！"她固执地扳住我不放，"你到底是不是仙女变的？"

我是不是仙女变的？——哪一个母亲不是仙女变的？

像故事中的小织女，每一个女孩都曾住在星河之畔，她们织虹纺霓，藏云捉月，她们几曾烦心挂虑？她们是天神最偏怜的小女儿，她们终日临水自照，惊讶于自己美丽的羽衣和美丽的肌肤，她们久久凝注着自己的青春，被那份光华弄得痴然如醉。

而有一天，她的羽衣不见了，她换上了人间的粗布——她已经决定做一个母亲。有人说她的羽衣被锁在箱子里，她再也不能飞翔了。人们还说，是她丈夫锁上的，钥匙藏在极秘密的地方。

　　可是，所有的母亲都明白那仙女根本就知道箱子在哪里，她也知道藏钥匙的所在，在某个无人的时候，她甚至会惆怅地开启箱子，用忧伤的目光抚摸那些柔软的羽毛，她知道，只要羽衣一着身，她就会重新回到云端，可是她把柔软白亮的羽毛拍了又拍，仍然无声无息地关上箱子，藏好钥匙。

　　是她自己锁住那身昔日的羽衣的。

　　她不能飞了，因为她已不忍飞去。

　　而狡黠的小女儿总是偷窥到那藏在母亲眼中的秘密。

　　许多年前，那时我自己还是小女孩，我总是惊奇地窥伺着母亲。

　　她在口琴背上刻了小小的两个字——"静鸥"，那里面有什么故事吗？那不是母亲的名字，却是母亲名字的谐音，她也曾梦想过自己是一只静栖的海鸥吗？她不怎么会吹口琴，我甚至想不起她吹过什么好听的歌，但那名字对我而言是母亲神秘的羽衣，她轻轻写那两个字的时候，她可以立刻变了一个人，她在那名字里是另外一个我所不认识的有翅的什么。

　　母亲晒箱子的时候是她另外一种异常的时刻，母亲似乎有好些东西，完全不是拿来用的，只为放在箱底，按时年年在三伏天取出来暴晒。

　　记忆中母亲晒箱子的时候就是我兴奋欲狂的时候。

母亲晒些什么，我已不记得，记得的是樟木箱子又深又沉，像一个混沌黝黑初生的宇宙，另外还记得的是阳光下竹竿上富丽夺人的颜色，以及怪异却又严肃的樟脑味，以及我在母亲喝禁声中东摸摸西探探的快乐。

我唯一真正记得的一件东西是幅漂亮的湘绣被面，雪白的缎子上，绣着兔子和翠绿的小白菜，和红艳欲滴的小杨花萝卜，全幅上还绣了许多别的令人惊讶赞叹的东西，母亲一面整理，一面会忽然回过头来说："别碰，别碰，等你结婚就送给你。"

我小的时候好想结婚，当然也有点害怕，不知为什么，仿佛所有的好东西都是等结了婚就自然是我的了，我觉得一下子有那么多好东西也是怪可怕的事。

那幅湘绣后来好像不知怎么就消失了，我也没有细问。对我而言，那么美丽得不近真实的东西，一旦消失，是一件合理得不能再合理的事。譬如初春的桃花，深秋的枫红，在我看来都是美丽得违了规的东西，是茫茫大化一时的错误，才胡乱把那么多的美堆到一种东西上去，桃花理该一夜消失的，不然岂不教世人都疯了？

湘绣的消失对我而言简直就是复归大化了。

但不能忘记的是母亲打开箱子时那份欣悦自足的表情，她慢慢地看着那幅湘绣，那时我觉得她忽然不属于周遭的世界，那时候她会忘记晚饭，忘记我扎辫子的红绒绳。她的姿势细想起来，实在是仙女依恋地轻抚着羽衣的姿势，那里有一个前世的记忆，她又快乐又悲哀地将之一一拾起，但是她也知道，她再也不会去拾起往昔了——唯其不会重拾，所以回顾的一刹那更特别的深情凝重。

除了晒箱子，母亲最爱回顾的是早逝的外公对她的宠爱，有时她胃痛，卧在床上，要我把头枕在她的胃上，她慢慢地说起外公。外公似乎很舍得花钱（当然也因为有钱），总是带她上街去吃点心，她总是告诉我当年的肴肉和汤包怎么好吃，甚至煎得两面黄的炒面和女生宿舍里早晨订的冰糖豆浆（母亲总是强调"冰糖"豆浆，因为那是比"砂糖"豆浆更为高贵的）都是超乎我想象力之外的美味，我每听她说那些事的时候，都惊讶万分——我无论如何不能把那些事和母亲联想在一起，我从有记忆起，母亲就是一个吃剩菜的角色，红烧肉和新炒的蔬菜简直就是理所当然地放在父亲面前的，她自己的面前永远是一盘杂拼的剩菜和一碗"擦锅饭"（擦锅饭就是把剩饭在炒完菜的剩锅中一炒，把锅中的菜汁都擦干净了的那种饭），我简直想不出她不吃剩菜的时候是什么样子。

而母亲口里的外公、上海、南京、汤包、肴肉全是仙境里的东西，母亲每讲起那些事，总有无限的温柔，她既不感伤，也不怨叹，只是那样平静地说着。她并不要把那个世界拉回来，我一直都知道这一点，我很安心，我知道下一顿饭她仍然会坐在老地方吃那盘我们大家都不爱吃的剩菜。而到夜晚，她会照例一个门一个窗地去检点去上闩。她一直都负责把自己牢锁在这个家里。

哪一个母亲不曾是穿着羽衣的仙女呢？只是她藏好了那件衣服，然后用最黯淡的一件粗布把自己掩藏了，我们有时以为她一直就是那样的。

而此刻，那刚听完故事的小女儿鬼鬼地在窥伺着什么？

她那么小，她由何得知？她是看多了卡通，听多了故事吧？她也发现了什么吗？

是在我的集邮本偶然被儿子翻出来的那一刹那吗？是在我拣出石涛画册或汉碑并一页页细味的那一刻吗？是在我猛然回首听他们弹一阕熟悉的钢琴练习曲的时候吗？抑或是在我带他们走过年年的春光，不自主地驻足在杜鹃花旁或流苏树下的一瞬间吗？

或是在我动容地托住父亲的勋章或童年珍藏的北平画片的时候，或是在我翻拣夹在大字典里的干叶之际，或是在我轻声地教他们背一首唐诗的时候……

是有什么语言自我眼中流出呢？是有什么音乐自我腕底泻过吗？为什么那小女孩会问道："妈妈，你是不是仙女变的呀？"

我不是一个和千万母亲一样安分的母亲吗？我不是把属于女孩的羽衣收折得极为秘密吗？我在什么时候泄露了自己呢？

在我的书桌底下放着一个被人弃置的木质砧板，我一直想把它挂起来当一幅画，那真该是一幅庄严的画，那样承受过万万千千生活的刀痕和凿印的，但不知为什么，我一直也没有把它挂出来……

天下的母亲不都是那样平凡不起眼的一块砧板吗？不都是那样柔顺地接纳了无数尖锐的割伤却默无一语的砧板吗？

而那小女孩，是凭什么神秘的直觉，竟然会问我：

"妈妈，你到底是不是仙女变的？"

我掰开她的小手，救出我被吊得酸麻的脖子，我想对她说："是的,妈妈曾经是一个仙女,在她做小女孩的时候,但现在,她不是了,你才是，你才是一个小小的仙女！"

　　但我凝注着她晶亮的眼睛，只简单地说了一句："不是，妈妈不是仙女，你快睡觉。"

　　"真的？"

　　"真的！"

　　她听话地闭上了眼睛，旋又不放心地睁开。

　　"如果你是仙女，也要教我仙法哦！"

　　我笑而不答，替她把被子掖好，她兴奋地转动着眼珠，不知在想什么。

　　然后，她睡着了。

　　故事中的仙女既然找回了羽衣，大约也回到云间去睡了。

　　风睡了，鸟睡了，连夜也睡了。

　　我守在两张小床之间，久久凝视着他们的睡容。

不识

两个人坐着谈话，其中一个是高僧，另一个是皇帝，皇帝说："你识得我是谁吗？我——就是这个坐在你对面的人。"

"不，不识。"

他其实是认识并了解那皇帝的，但是他却回答说"不识"。也许在他看来，人与人之间其实都是不识的。谁又曾经真正认识过另一个人呢？传记作家也许可以把翔实的资料一一列举，但那人却并不在资料里——没有人是可以用资料来加以还原的。

而就连我们自己，也未必识得自己吧？杜甫，终其一生，都希望做个有所建树出民水火的好官。对于自己身后可能以文章名世，他反而是不无遗憾的。他似乎从来不知道自己是有唐一代最优秀的诗人，如果命运之神允许他以诗才来换官位，他是会换的。

家人至亲，我们自以为极亲爱极了解的，其实我们所知道的也只是肤表的事件而不是刻骨的感觉。刻骨的感觉不能重现，它随风而逝，连事件的主人也不能再拾。

而我们面对面却瞠目不相识的，恐怕是生命本身吧？我们活着，却不知何谓生命。更不知何谓死亡。

父亲的追思会上，我问弟弟：

"追诉平生，就由你来吧，你是儿子。"

弟弟沉吟了一下，说：

"我可以，不过我觉得你知道的事情更多些，有些事情，我们小的没赶上。"

然而，我真的知道父亲吗？

五指山上，朔风野大，阳光辉丽，草坪四尺下，便是父亲埋骨的所在。我站在那里一面看山下红尘深处密如蚁垤的楼宇，一面问自己：

"这墓穴中的身体是谁呢？"虽然隔着棺木隔着水泥，我看不见，但我也知道那是一副溃烂的肉躯。怎么可以这样呢？一个至亲至爱的父亲怎么可以一霎时化为一堆陌生的腐肉呢？

也许从宗教意义言，肉体只是暂时居住的房子，屋主终有搬迁之日。然而，与原屋之间总该有个徘徊顾却之意吧？造物怎可以如此绝情，让肉体接受那化作粪壤的宿命？

我该承认这一抔黄土中的腐肉为父亲呢，还是那优游于濛鸿中的才是呢？我曾认识过死亡吗？我曾认识过父亲吗？我愕然不知怎么回答。

"小的时候，家里穷，除了过年，平时都没有肉吃，如果有客人来，就去熟肉铺子切一点肉，偶然有个挑担子卖花生米小鱼的人经过，我们小孩子就跟着那个人走。没的吃，看看也是好的，我们就这样跟着跟着，一直走，都走到隔壁庄子去了，就是舍不得回头。"

那是我所知道的，他最早的童年故事。我有时忍不住，想掏把钱塞给那九十年前的馋嘴小男孩，想买一把花生米小鱼填填他的嘴，并且叫他不要再跟着小贩走，应该赶快回家去了……

我问我自己，你真的了解那小男孩吗，还是你只不过在听故事？如果你不曾穷过饿过，那小男孩巴巴的眼神你又怎么读得懂呢？

我想，我并不明白那贫穷的小孩，那傻乎乎地跟着小贩走的小男孩。

读完徐州城里的第七师范的附小，他打算读第七师范，家人带他去见一位堂叔，目的是借钱。

堂叔站起身来，从一把旧铜壶里掏出二十一块银元，那只壶从梁柱上直吊下来，算是家中的保险柜吧？

读师范不用钱，但制服棉被杂物却都要钱，堂叔的那二十一块银元改变了父亲的一生。

我很想追上前去看一看那目光炯炯的少年，渴于知识渴于上进的少年。我很想看一看那堂叔看着他的怜爱的眼神。他必是族人中最聪明俊发的孩子，堂叔才慨然答应借钱的吧！听说小学时代，他每天上学都不从市内走路，嫌人车杂沓。他宁可绕着古城周围人少的城墙走，他一面走，一面大声背书。那意气飞扬的男孩，天下好像没有可以难倒他的事。他走着、跑着，自觉古人的智慧因背诵而尽入胸中，一个志得意满的优秀小学生。

　　然而，我真认识那孩子吗？那个捧着二十一块银元来向这个世界打天下的孩子。我平生读书不过只求随缘尽兴而已，我大概不能懂得那一心苦读求上进的人，那孩子，我不能算是深识他。

　　"台湾出的东西，就是没老家的好！"父亲总爱这么感叹。

　　我有点反感，他为什么一定要坚持老家的东西比这里好呢？他离开老家都已经这么多年了，为什么还坚持老家的最好？

　　"譬如说这香椿吧。"他指着院子里的香椿树，台湾的，"长这么细细小小一株。在我们老家，那可是和榕树一样的大树咧！而且台湾是热带，一年到头都能长新芽，那芽也就不嫩了。在我们老家，只有春天才冒得出新芽来，所以那个冒法，你就不知道了。忽然一下，所有的嫩芽全冒出来了，又厚又多汁，大人小孩儿全来采呀，采下来用盐一揉，放在格架上晾，那架子上腌出来的卤汁就呼噜——呼噜——的一直流，下面就用盆接着，那卤汁下起面来，那个香呀——"

　　我吃过韩国的盐腌香椿芽，从它的形貌看来，揣想它未腌之前一定也极肥厚，故乡的香椿芽想来也是如此。但父亲形容香椿在腌制的过程中竟会"呼噜——呼噜——"流汁，我被他言语中的象声词所惊动，那香椿树竟在我心里成为一座地标，我每次都循着那株香椿树去寻找父亲的故乡。

　　但我真的明白那棵树吗？我真的明白在半个世纪之后，坐在阳光璀璨的屏东城里，向我娓娓谈起的那棵树吗？

　　父亲晚年，我推轮椅带他上南京中山陵，只因他曾跟我说过："总理下葬的时候，我是军校学生，上面在我们中间选了些人去抬棺材，我被选上了……"

他对总理一心崇敬——这一点，恐怕我也无法十分了然。我当然也同意孙中山是可敬佩的，但恐怕未必那么百分之百的心悦诚服。

"我们，那个时候读了总理的书觉得他讲的才是真有道理……"

能有一人令你死心塌地，生死追随，父亲应该是幸福的——而这种幸福，我并不能体会。

父亲说，他真正的兴趣在生物，我听了十分错愕。我还一直以为是军事学呢！抗战前后，他加入了一个国际植物学会，不时向会里提供全国各地植物的资讯，我对他惊人的耐心感到不解。由于职业的关系，他跑遍大江南北，他将各地的萝卜、茄子、芹菜、白菜长得不一样的情况一一汇集报告给学会。在那个时代，我想那学会接到这位中国会员热心的讯息，也多少要吃一惊吧？

啊，他究竟是怎样的一个人呢？我对他万分好奇，如果他晚生五十年，如果他生而为我的弟弟，我是多么愿望好好培植他成为一个植物学家啊！在那一身草绿色的军服下面，他其实有着一颗生物学者的心。我小时候，他教导我的，几乎全是生物知识，我至今看到螳螂的卵仍十分惊动，那是我幼年行经田野时父亲教我辨认的。

每次他和我谈生物的时候，我都惊讶，仿佛我本来另有一个父亲，却未得成长践行。父亲也为此抱憾吗？或者他已认了？

而我不知道。

年轻时的父亲，有一次去打猎。一枪射出，一只小鸟应声而落，他捡起一看，小鸟已肚破肠流，他手里提着那温暖的肉体，看着那腹腔之内——俱全的五脏，忽然决定终其一生不再射猎。

父亲在同事间并不是一个好相处的人，听母亲说有人给他起个外号叫"杠子手"，意思是耿直不圆转。他听了也不气，只笑笑说"山难改，性难移"，他是得以自己的方正棱然自豪的，从来不屑于改正。然而在那个清晨，在树林里，对一只小鸟，他却生慈柔之心，誓言从此不射猎。

父亲的性格如铁如砧，却也如风如水——我何尝真正了解过他？

《红楼梦》第一百二十回，贾政眼看着光头赤脚身披红斗篷的宝玉向他拜了四拜，转身而去，消失在茫茫雪原里，说：

"竟哄了老太太十九年，如今叫我才明白——"

贾府上下数百人，谁又曾明白宝玉呢？家人之间，亦未必真能互相解读吧？

我于我父亲，想来也是如此无知无识。他的悲喜、他的起落、他的得意与哀伤、他的憾恨与自足，我哪都能一一探知、一一感同身受呢？

蒲公英的散蓬能叙述花托吗？不，它只知道自己在一阵风后身不由己地和花托相失相散了，它只记得叶嫩花初之际，被轻轻托住的安全的感觉。它只知道，后来一切都散了，胜利的也许是生命本身，草原上的某处，会有新的蒲公英冒出来。

　　我终于明白，我还是不能明白父亲。至亲如父女，也只能如此。世间没有谁识得谁，正如那位高僧说的。

　　我觉得痛，却亦转觉释然，为我本来就无能认识的生命，为我本来就无能认识的死亡，以及不曾真正认识的父亲。原来没有谁可以彻骨认识谁，原来，我也只是如此无知无识。

半局

楔子

汉武帝读司马相如的《子虚赋》，忽然怅恨地说："朕独不得与此人同时哉！"他错了，司马相如并没有死，好文章不一定都是古人做的，原来他和司马相如活在同一度的时间里。好文章、好意境加上好的赏识，使得时间也有情起来。

我不是汉武帝，我读到的也不是《子虚赋》，但蒙天之幸，让我读到许多比汉赋更美好的"人"。

我何幸曾与我敬重的师友同时，何幸能与天下人同时，我要试着把这些人记下来。千年万世之后，让别人来羡慕我，并且说："我要是能生在那个时代多么好啊！"

大家都叫他杜公——虽然那时候他才三十几岁。

他没有教过我的课——不算我的老师。

他和我有十几年之久在一个学校里，很多时候甚至是在一间办公室里——但是我不喜欢说他是"同事"。

说他是朋友吗？也不然，和他在一起虽可以聊得逸兴遄飞，但我对他的敬意，使我始终不敢将他列入朋友类。

说"敬意"几乎又不对，他这人毛病甚多，带棱带刺，在办公室里对他敬而远之的人不少，他自己成天活得也是相当无奈，高高兴兴的日子虽有，唉声叹气的日子更多。就连我自己，跟他也不是没有斗过嘴、使过气，但我惊奇我真的一直尊敬他，喜欢他。

原来我们不一定喜欢那些老好人，我们喜欢的是一些赤裸、直接的人——有瑕的玉总比无瑕的玻璃好。

杜公是黑龙江人，对我这样年龄的人而言，模糊的意念里，黑龙江简直比什么都美，比爱琴海美，比维也纳森林美，比庞贝古城美，是榛莽渊深，不可仰视的，是千年的黑森林，千峰的白积雪加上浩浩万里、裂地而奔蹿的江水合成的。

那时候我刚毕业，在中文系里做助教，他是讲师，当时学校规模小，三系合用一个办公室，成天人来人往的，他每次从单身宿舍跑来，进了门就嚷："我来'言不及义'啦！"

他的喉咙似乎曾因开刀受伤，非常沙哑，猛听起来简直有点凶恶（何况他又长着一副北方人魁梧的身架），细听之下才发觉句句珠玑，令人绝倒。后来我读到唐太宗论魏徵（那个凶凶的、逼人的魏徵），却说其人"妩媚"，几乎跳起来，这字形容杜公太好了——虽然杜公粗眉毛，瞪凸眼，嘎嗓子，而且还不时骂人。

有一天，他和另一个助教谈西洋史，那助教忽然问他那段历史兄弟争位后来究竟是谁死了，他一时也答不上来，两个人在那里久久不决，我听得不耐烦："我告诉你，既不是哥哥死了，也不是弟弟死了，反正是到现在，两个人都死了。"

说完了，我自己也觉一阵悲伤，仿佛《红楼梦》里张道士所说的一个吃它一百年的疗妒羹——当然是效验的，百年后人都死了。

杜公却拊掌大笑："对了，对了，当然是两个都死了。"

他自此对我另眼看待，有话多说给我听，大概觉得我特别能欣赏——当然，他对我特别巴结则是在他看上跟我同住的女孩之后，那女孩后来成了杜夫人，这是后话，暂且不提。

杜公在学生餐厅吃饭，别的教职员拿到水淋淋的餐盘都要小心地用卫生纸擦干（那是十几年前，现在已改善了），杜公不然，只把水一甩，便去盛两大碗饭，他吃得又急又多又快，不像文人。

"擦什么？"他说，"把湿细菌擦成干细菌罢了！"

吃完饭，极难喝的汤他也喝："生理食盐水，"他说，"好欷！"

他大概吃过不少苦，遇事常有惊人的洒脱，他回忆在政大读政治研究所时说："蛇真多——有一晚我在洗澡关门时夹死了一条。"

然后他又补充说："当时天黑，我第二天才看到的。"

他住的屋子极小，大约是四个半榻榻米，宿舍人又杂，他种了许多盆盆罐罐的昙花，不时邀我们清赏，夏天招待桂花绿豆汤、郁李（他自己取的名字，做法是把黄肉李子熬烂、去皮核，加蜜冰镇），冬天是腊八粥或猪腿肉红煨干鱿鱼加粉丝。我一直以为他对蒴花深感兴趣，后来才弄清楚，原来他只是想用那些多刺的盆盆罐罐围满走廊，好让闲杂人等不能在他窗外聊天——穷教员要为自己创造读书环境还真难。

"这房子倒可以叫'不畏斋'了！"他自嘲道，"'四十、五十而无闻焉，其亦不足畏也'——孔夫子说的。"

他那一年已过了四十岁了。

当然，也许这一代的中国人都不幸，但我却特别同情二十世纪二十年代出生的人，更老的一辈赶上了风云际会，多半腾达过一阵，更年轻的在台湾长大，按部就班地成了青年才俊。独有五十几岁的那一代，简直是为受苦而出世的，其中大部分失了学，甚至失了家人，失了健康，勉力苦读的，也拿不出漂亮的学历，日子过得郁郁寡欢。

这让我想起汉武帝时代的那个三朝不被重用的白发老人的命运悲剧——别人用"老成谋国"者的时候，他还年轻；别人用"青年才俊"的时候他又老了。

杜公能写字，也能作诗，他随写随掷，不自珍惜，却喜欢以米芾自居。

"米南宫啊，简直是米南宫啊！"

大伙也不理他。他把那幅"米南宫真迹"一握，也就丢了。

有一次，他见我因为一件事而情绪不好，便仿韩愈《送李愿归盘谷序》中"大丈夫之不得意于时也"的意思作了一篇《大小姐之不得意于时也》的赋，自己写了，奉上，令人忍俊不禁。

又有一次，一位朋友画了一幅石竹，稍不留意，便被他抢了去，为我题上"渊渊其声，娟娟其影"，墨润笔酣，句子也庄雅可喜，裱起来很有精神。其实，我一直没有告诉他，我喜欢他，远在米芾之上，米芾只是一个遥远的八百年前的名字，他才是一个人，一个真实的人。

杜公爱憎分明，看到不顺眼的人或事他非爆出来不可。有一次他极讨厌的一个人调到别处去了，后来得意扬扬地穿了新机关的制服回来，他不露声色地说："这是制服吗？"

"是啊！"那人愈加得意。

"这是制帽？"

"是啊！"

"这是制鞋？"

"是啊！"

那个不学无术的家伙始终没有悟过来制鞋、制帽是指丧服的意思。

他另外讨厌的一个人一天也穿了一身新西装来炫耀。

"西装倒是好，可惜里面的不好！"

"哦，衬衫也是新买的呀！"

"我是指衬衫里面的。"

"汗衫？"

"比汗衫更里面的！"

很多人觉得他的嘴刻薄，不厚道，积不了福，我倒很喜欢他这一点，大概因为他做的事我也想做——却不好意思做。天下再没有比乡愿更讨厌的人，因此我连杜公的缺点都喜欢。

——而且，正因为他对人对物的挑剔，使人觉得受他赏识真是一件好得不得了的事。

其实，除了骂骂人，看穿了，他还是个"刀子嘴豆腐心"，记得我们班上有个男孩，是橄榄球队队长，不知怎么阴差阳错地分到中文系来了。有一天，他把书包搁在山径旁的一块石头上，就去打球了，书包里的一本《中国文学发达史》滑出来，落在水沟里，泡得透湿。杜公捡起来，给他晾着，晾了好几天，这位仁兄才猛然想到书包和书，杜公把小心晾好的书还他，也没骂人，事后提起那位成天一身泥水一身汗的男孩，他总是笑滋滋的，很温暖地说："那孩子！"

杜公绝顶聪明，才思敏捷，涉猎甚广，而且几乎可以过目不忘，所以会意独深。他说自己少年时喜欢诗词，好发诗论。忽有一天读到王国维的《人间词话》，大吃一惊，原来他的论调竟跟王国维一样，他从此不写诗论了。

杜公的论文是《中国历代政治符号》，很为识者推重，指导教授是当时政治研究所主任浦薛凤先生，浦先生非常欣赏他的国学，把他推荐来教书，没想到一直开的竟是国文课。学生国文程度不好——而且也不打算学好，他常常气得瞪眼。

有一次我在叹气："我将来教国文，第一，扮相就不好。"

"算了，"他安慰我，"我扮相比你还糟。"

真的，教国文似乎要有其扮相，长袍，白髯，咳嗽，摇头晃脑，诗云子曰，阴阳八卦，抬眼看天，无视于满教室的传字条、瞌睡、K英文。不想这样教国文课的，简直就是一种怪物。

碰到某些老先生他便故作神秘地说："我叫杜奎英，奎者，大卦也。"

他说得一本正经，别人走了，他便纵声大笑。

日子过得不快活，但无妨于他言谈中说笑话的密度，不过，笑话虽多，总不失其正正经经读书人的矩度。他创立了《思与言》杂志，在十五年前以私人力量办杂志，并且是纯学术性的杂志，真是要有"知其不可而为之"的勇气，杜公比大多数《思与言》的同人都年长些，但是居然慨然答应做发行人，台大政治系的胡佛教授追忆这段往事，有很生动的记载：

> 那时的一些朋友皆值二十与三十之年，又受过一些高等教育，很想借新知的介绍，做一点知识相关的工作。所以在兴致来时，往往商量着创办杂志，但多数在兴致过后，又废然而止。不过有一次数位朋友偶然相聚，又旧话重提，决心一试。为了躲避台北夏季的热浪，大家另约到碧潭泛舟，再作续谈。奎英兄虽然受约，但他的年龄略长，我们原很怕他涉世较深，热情可能稍减。正好在买舟时，他尚未到，以为放弃。到了船放中流，大家皆谈起奎英兄老成持重，且没有公教人员的身份，最符合规定的杂志发行人的资格，惜他不来。说到兴处，忽见昏黑中，一叶小舟破水追踪而来，并靠上我们的船舷。打桨的人奋身攀沿而上，细看之下竟是奎英兄。大家皆高声叫道：发行人出现了。奎英兄的豪情，的确不较任

何人为减，他不但同意一肩挑起发行人的重责，且对刊物的编印早有全盘的构想。

其实，何止是发行人，他何尝不是社长、编辑、校对，乃至写姓名发通知的人（将来的历史要记载中国台湾的文人，他们共有的可爱之处便是人人都灰头土脸地编过杂志）？他本来就穷，至此更是只好"假私济公"，越发穷了，连结婚都得举债。

杜公的恋爱事件和我关系密切，我一直是电灯泡，直到不再被需要为止。那实在也是一场痛苦缠绵的恋爱，因为女方全家几乎是抵死反对。

杜公谈起恋爱，差不多变了一个人，风趣、狡黠、热情洋溢。

有一次他要我带一张英文小字条回去给那女孩，上面这样写：

请你来看一张全世界最美丽的图画，
会让你心跳加速
呼吸急促
……

小宝（我们都这样叫她）和我想不通他哪里弄来一张这种图画，及至跑去一看，原来是他为小宝加洗的照片。他又去买些粗铅丝，用槌子把它锤成烤叉，带我们去内双溪烤肉。也不知他哪里学来那么多稀奇古怪的本领，问他，他也只神秘地学着孔子的口吻说："吾多能鄙事。"小宝来请教我的意见，这倒难了，两人都是我的朋友，我曾是忠贞不贰的电灯泡，但朋友既然问起意见，我也只好实说："要说朋友，他这人是最好的朋友。要说丈夫，他倒未必是好丈夫，他这种人一向厚人薄己，要做他太太不容易，何况你们年龄相悬十七岁，你又一直要出国，你全家又都如此反对……"真的，要家长不反对也难。四十多岁了，一文不名，人又不漂亮，同事传话，也只说他脾气偏执，何况那时候女孩子身价极高。从一切的理由看，跟杜公结婚是不合理性的——好在爱情不讲究理性，所以后来他们还是结婚了。奇怪的是小宝的母亲至终倒也投降了，并且还在小宝赴美进修期间给他们带了两年孩子。

杜公不是那种怜香惜玉低声下气的男人，不过他做丈夫看来比想象中要好得多，他居然会烧菜、会拖地、会插个不知什么流的花，知道自己要有孩子，忍不住兴奋地叨念："唉，姓杜真讨厌，真不好取名字，什么好名字一加上杜字就弄反了。"

那么粗犷的人一旦柔情起来，令人看着不免心酸。

他的女儿后来取名"杜可名"，出自《老子》，真是取得好。

他后来转职政大，我们就不常见面了，但小宝回国后，倒在我家吃了一顿饭，那天许多同学聚在一起，加上他家的孩子、我家的孩子——着实热闹一场。事后想来，凡事都是一时机缘，事境一过，一切的热闹繁华便终究成空了。

不久就听说他病了，一打听已经很不轻，肺中膈长癌，医生已放弃开刀，杜公是何等聪明的人，他立刻什么都明白了，倒是小宝，他一直不让她知道。

我和另外两个女同事去看他，他已黄瘦下来，还是热乎乎地弄两张椅子要给我们坐，三个人推来让去都不坐，他一径坚持要我们坐。

"唉呀，"我说，"你真是要二椅杀三女呀！"

他笑了起来——他知道我用的是"二桃杀三士"的典故，但能笑几次了呢？我也不过强颜欢笑罢了。

他仍在抽烟，我说别抽了吧！

"现在还戒什么？"他笑笑，"反正也来不及了。"

那时节是六月，病院外夏阳艳得不可逼视，暑假里我即将有旅美之行——我知道那是我最后一次看他了。

后来我寄了一张探病卡，勉作豪语："等你病好了，咱们再煮酒论战。"

写完，我伤心起来，我在撒谎，我知道旅美回来，迎接我的将是一纸过期的讣闻。

旅美期间，有时竟会在异国的枕榻上惊醒，我梦见他了，我感到不祥。

对于那些英年早逝弃我而去的朋友，我的情绪与其说是悲哀，不如说是愤怒！

正好像一群孩子，在广场上做游戏，大家才刚弄清楚游戏规则，才刚明白游戏的好玩之处，并且刚找好自己的那一伙，其中一人却不声不响地半局而退了，你一时怎能不愕然得手足无措，甚至觉得被什么人骗了一场似的愤怒。

满场的孩子仍在游戏，属于你的游伴却不见了！

九月返台，果真他已于八月十四日去世了，享年五十二岁，孤女九岁，他在病榻上自拟的挽联是这样的：

天道好还，我辈必有前途，惟世难方殷，先死亦佳，
勉无深恶大罪，可以笑谢兹世；

人间多苦，事功早摒奢望，已庸碌一生，幸存何益，
忍抛孤嫠弱息，未免愧对私心。

但写得尤好的则是代女儿挽父的白话联：

爸爸说要陪我直到结婚生了娃娃，而今怎教我立刻
无处追寻，你怎舍得这个女儿；

女儿只有把对您那份孝敬给妈妈，以后希望你梦中
常来看顾，我好多喊几声爸爸。

读来五内翻涌，他真是有担当、有抱负、有才华的至情至性
之人。

也许因为没有参加他的葬礼，感觉上我几乎一直欺骗自己他
还活着，尤其每有一篇自己比较满意的作品，我总想起他来，他
那人读文章严苛万分，轻易不下一字褒语，能被他击节赞美一句，
是令人快乐得要晕倒的事。

每有一句好笑话，也无端想起他来，原来这世上能跟你共同
领略一个笑话的人竟如此难得。

每想一次，就怅然久之，有时我自己也惊讶，他活着的时候，

我们一年也不见几面，何以他死了我会如此怅然若失呢？我想起有一次看到一副对联，现在也记不真切，似乎是江兆申先生写的：想见亦无事，不来常思君。真的，人和人之间有时候竟可以淡得十年不见，十年既见却又可以淡得相对无一语，即使相对应答又可以淡得没有一件可以称之为事情的事情，奇怪的是淡到如此无干无涉，却又可以是相知相重、生死不舍的朋友。

矛盾篇之一

爱我更多，好吗？

爱我更多，好吗?

爱我，不是因为我美好，这世间原有更多比我美好的人。爱我，不是因为我的智慧，这世间自有数不清的智者。爱我，只因为我是我，有一点好、有一点坏、有一点痴的我，古往今来独一无二的我，爱我，只因为我们相遇。

如果命运注定我们走在同一条路上，碰到同一场雨，并且共遮于同一把伞下，那么，请以更温柔的目光俯视我，以更固执的手握紧我，以更和暖的气息贴近我。

爱我更多，好吗? 唯有在爱里，我才知道自己的名字，知道自己的位置，并且惊喜地发现自身的存在。所有的石头只是石头，漠漠然冥顽不化，只有受日月精华的那一块会猛然爆裂，跃出一番欢忻忻悦的生命。

爱我更多，好吗？因为知识使人愚蠢，财富使人贫乏，一切的攫取带来失落，所有的高升令人沉陷，而且，每一项头衔都使我觉得自己的面目更为模糊。人生一世如果是日中的赶集，则我的囊橐空空，不因为我没有财富而是因为我手中的财富太大，它是一块完整而不容切割的金子，我反而无法用它去购置零星的小件，我只能用它孤注一掷来购置一份深情，爱我更多，好让我的囊橐满胀而沉重，好吗？

爱我更多，好吗？因为生命是如此仓促，但如果你肯对我怔怔凝视，则我便是上戏的舞台，在声光中有高潮的演出，在掌声中能从容优雅地谢幕。

我原来没有权利要求你更多的爱，更多的激情，但是你自己把这份权利给了我，你开始爱我，你授我以柄，我才能如此放肆、如此任性来要求更多。能在我的怀中注入更多醇醪吗？肯为我的炉火添加更多柴薪否？我是饕餮的，我是贪得无厌的，我要整个春山的花香，整个海洋的月光，可以吗？

爱我更多，就算我的要求不合理，你也应允我，好吗？

爱我少一点，我请求你

爱我少一点，我请求你。

有一个秘密，不知道该不该告诉你，其实，我爱的并不是你，当我答应你的时候，我真正的意思是：我愿意和你在一起，一起去爱这个世界，一起去爱人世，并且一起去承受生命之杯。

所以，如果在春日的晴空下你肯痴痴地看一株粉色的寒绯樱，你已经给了我最美丽的示爱。如果你虔诚地站在池畔看三月雀榕树上的叶苞如何——骄傲专注地等待某一定时定刻的爆放，我已一世感激不尽。你或许不知道，事实上那棵树就是我啊！在春日里急于释放绿叶的我啊！至于我自己，爱我少一点吧！我请求你。

　　爱我少一点，因为爱使人痴狂，使人颠倒，使人牵挂，我不忍折磨你。如果你一定要爱我，且爱我如清风来水面，不沾不滞。爱我如黄鸟度青枝，让飞翔的仍去飞翔，扎根的仍去扎根，让两者在一刹那的相逢中自成千古。

　　爱我少一点，因为"我"并不只住在这一百六十厘米的身高中，并不只容纳于这方趾圆颅内。请在书页中去翻我，那里有缔造我骨血的元素；请到闹市的喧哗纷杂中去寻我，那里有我的哀恸与关怀；并且尝试到送殡的行列里去听我，其间有我的迷惑与哭泣；或者到风最尖啸的山谷，浪最险恶的悬崖，落日最凄艳的草原上去探我，因为那些也正是我的悲怆和叹息。我不只在我里，我在风我在海我在陆地我在星，你必须少爱我一点，才能去爱那藏在大化中的我。等我一旦烟消云散，你才不致猝然失去我，那时，你仍能在蝉的初吟、月的新圆中找到我。

　　爱我少一点，去爱一首歌好吗？因为那旋律是我；去爱一幅画，因为那流溢的色彩是我；去爱一方印章，我深信那老拙的刻痕是我；去品尝一坛佳酿，因为坛底的醉意是我；去珍惜一幅编织，那其间的纠结是我；去欣赏舞蹈和书法吧——不管是舞者把自己挥洒成行草篆隶，或是把自己飞舞成腾跃旋挫，那其间的狂喜和收敛都是我。

　　爱我少一点，我请求你，因为你必须留一点柔情去爱你自己。因我爱你，你便不再是你自己，你已是我的一部分，所以，把爱我的爱也分回去爱惜你自己吧！

　　听我最柔和的请求，爱我少一点，因为春天总是太短太促太来不及，因为有太多的事等着在这一生去完成、去偿还，因此，请提防自己，不要爱我太多，我请求你。

走着，走着，在春天

于是学会了为阳光感谢——因为阴晦并非不可能。学会了为平静而索味的日子感谢——因为风暴并非不可能。学会了为粗食淡饭感谢——因为饥饿并非不可能。

我有

　　那天下午回家，心里好不如意，坐在窗前，禁不住怜悯起自己来。

　　窗棂间爬着一溜紫藤，隔着青纱和我对坐着，在微凉的秋风里和我互诉哀愁。

　　事情总是这样的，你总得不到你所渴望的公平。你努力了，可是并不成功，因为掌握你成功的是别人，而不是你自己。我也许并不稀罕那份成功，可是，心里总不免有一块受愚的感觉。就好像小时候，你站在糖食店的门口，那里有一块抽奖的牌子。你的眼睛望着那最大最漂亮的奖品，可是你总抽不着，你袋子里的镍币空了，可是那份希望仍然高高地悬着。直到有一天，你忽然发现，事实上根本没有那份奖额，那些藏在一排排红纸后面的签全是些空白的或者是近于空白的小奖。

　　那串紫藤这些日子以来美得有些神奇，秋天里的花就是这样的，不但美丽，而且有那么一份凄凄艳艳的韵味。风一过的时候，醉红乱旋，把怜人的红意都荡到隔窗的小室中来了。

唉，这样美丽的下午，把一腔怨烦衬得更不协调了。可恨的还不只是那些事情的本身，更有被那些事扰乱得不再安宁的心。

翠生生的叶子簌簌作响，如同檐前的铜铃，悬着整个风季的音乐。这音乐和蓝天是协调的，和那一滴滴晶莹的红也是协调的——只是和我受愚的心不协调。

其实我们已经受愚多次了，而这么多次，竟没有能改变我们的心，我们仍然对人抱着孩子式的信任，仍然固执地期望着良善，仍然宁可被人负，而不负人，所以，我们仍然容易受伤。

我们的心敞开，为了迎一只远方的青鸟。可是扑进来的总是蝙蝠，而我们不肯关上它，我们仍然期待着青鸟。

我站起身，眼前的绿烟红雾缭绕着，使我有着微微眩晕的感觉。遮不住的晚霞破墙而来，把我罩在大教堂的彩色玻璃下，我在那光辉中立着，洒金的分量很沉重地压着我。

"这些都是你的，孩子，这一切。"

一个遥远而又清晰的声音穿过脆薄的叶子传来，很柔和，很有力，很使我震惊。

"我的？"

"是的，我给了你很久了。"

"嗯，"我说，"我不知道。"

"我晓得，"他说，声音里流溢着悲悯，"你太忙。"

我哭了，虽然没有责备。

等我抬起头来的时候，那声音便悄悄隐去了，只有柔和的晚风久久不肯散去。我疲倦地坐下去，疲于一个下午的怨怒。

我真是很愚蠢的——比我所想象的更愚蠢，其实我一直是这么富有的，我竟然茫无所知，我老是计较着，老是不够洒脱。

有微小的钥匙转动的声音，是他回来了。他总是想偷偷地走进来，让我有一个小小的惊喜，可是他办不到，他的步子又重又实，他就是这样的。

现在他是站在我的背后了，那熟悉的皮夹克的气息四面袭来，把我沉在很幸福的孩童时期的梦幻里。

"不值得的，"他说，"为那些事失望是太廉价了。"

"我晓得，"我玩着一裙阳光喷射的洒金点子，"其实也没有什么。"

"人只有两种，幸福的和不幸福的。幸福的人不能因不幸的事变成不幸福，不幸福的人也不能因幸运的事变成幸福。"

他的目光俯视着，那里面重复地写着一行最美丽的字眼，我立刻再一次知道我是属于哪一类了。

"你一定不晓得的，"我怯怯地说，"我今天才发现，我有好多好多东西。"

"真的那么多吗？"

"真的，以前我总觉得那些东西是上苍赐予全人类的，但今天我知道，那是我的，我一个人的。"

"你好富有。"

"是的，很富有，我的财产好殷实。我告诉你，我真的相信，如果今天黄昏时宇宙间只有我一个人，那些晚霞仍然会排铺在天上的，那些花儿仍然会开成一片红色的银河系的。"

忽然我发现那些柔柔的须茎开始在风中探索，多么细弱的挣扎，那些卷卷的绿意随风上下，一种撼人的生命律动。从窗棂间望出去，晚霞的颜色全被这些绰绰约约的小触须给抖乱了，乱得很鲜活。

生命是一种探险，不是吗？那些柔弱的小茎能在风里成长，我又何必在意这长长的风季？

忽然，我再也想不起刚才忧愁的真正原因了。我为自己的庸俗愕然了好一会儿。

有一堆温柔的火焰从他双眼中升起，我们在渐冷的暮色里互望着。

"你还有我，不要忘记。"他的声音犹如冬夜的音乐，把人圈在一团遥远的烛光里。

我有着的，这一切我一直有着的，我怎么会忽略呢？那些在秋风里犹为我绿着的紫藤，那些虽然远在天边还向我粲然的红霞，以及那些在一凝注间的爱情，我还能求些什么呢？

那些叶片在风里翻着浅绿的浪，如同一列编磬，敲出很古典的音色。我忽然听出，这是最美的一次演奏，在整个长长的秋季里。

玉想

一 只是美丽起来的石头

一向不喜欢宝石——最近却悄悄地喜欢了玉。

宝石是西方的产物，一块钻石，割成几千几百个"割切面"，光线就从那里面激射而出，挟势凌厉，美得几乎具有侵略性，使我不由得不提防起来。我知道自己无法跟它的凶悍逼人相埒，不过至少可以决定"我不喜欢它"。让它在英女王的皇冠上闪烁，让它在展览会上伴以投射灯和响尾蛇（防盗用）展出，我不喜欢，总可以吧！

玉不同，玉是温柔的，早期的字书解释玉，也只说："玉，石之美者。"原来玉也只是石，是许多混沌的生命中忽然脱颖而出的那一点灵光。正如许我孩子在夏夜的庭院里听老人讲古，忽有一个因洪秀全的故事而兴天下之想，遂有了孙中山。所谓伟人，其实只是在游戏场中忽有所悟的那个孩子。所谓玉，只是在时间的广场上因自在玩耍竟而得道的石头。

二　克拉之外

钻石是有价的，一克拉一克拉地算，像超级市场的猪肉，一块块皆有其中规中矩称出来的标价。

玉是无价的，根本就没有可以计值的单位。钻石像谋职，把学历经历乃至成绩单上的分数一一开列出来，以便叙位核薪。玉则像爱情，一个女子能赢得多少爱情完全视对方为她着迷的程度，其间并没有太多法则可循。以撒·辛格（诺贝尔奖得主）说："文学像女人，别人为什么喜欢她以及为什么不喜欢她，她自己也不知道。"其实，玉当然也有其客观标准，它的硬度，它的晶莹、柔润、缜密、纯度和刻工都可以讨论，只是论玉论到最后关头，竟只剩"喜欢"二字，而喜欢是无价的，你买的不是克拉的计价而是自己珍重的心情。

三　不须镶嵌

钻石不能佩戴，除非经过镶嵌，镶嵌当然也是一种艺术，而玉呢？玉也可以镶嵌，不过却不免显得"多此一举"，玉是可以直接做成戒指、镯子和簪笄的。至于玉坠、玉佩所需要的也只是一根丝绳的编结，用一段千回百绕的纠缠盘结来系住胸前或腰间的那一点沉实，要比金属性冷冷硬硬的镶嵌好吧？

不佩戴的玉也是好的，玉可以把玩，可以做小器具，可以做既可卑微地去搔痒，亦可用以象征富贵吉祥的"如意"，可做用以祀天的璧，亦可做示绝的玦，我想做个玉匠大概比钻石割切令人兴奋快乐，玉的世界要大得多繁复得多，玉是既入于生活也出于生活的，玉是名士美人，可以相与出尘，玉亦是柴米夫妻，可以居家过日。

四　生死以之

一个人活着的时候，全世界跟他一起活——但一个人死的时候，谁来陪他一起死呢？

中古世纪有出质朴简单的古剧叫《人人》（*Every Man*），死神找到那位名叫人人的主角，告诉他死期已至，不能宽贷，却准他结伴同行。人人找"美貌"，"美貌"不肯跟他去，人人找"知识"，"知识"也无意到墓穴里去相陪，人人找"亲情"，"亲情"也顾他不得……

世间万物，只有人类在死亡的时候需要陪葬品吧？其原因也无非由于怕孤寂，活人殉葬太残忍，连土俑殉葬也有些居心不仁，但死亡又是如此幽阒陌生的一条路，如果待嫁的女子需要"陪嫁"来肯定来系联她前半生的娘家岁月，则等待远行的黄泉客何尝不需要"陪葬"来凭借来思忆世上的年华呢？

陪葬物里最缠绵的东西或许便是玉琀蝉了，蝉色半透明，比真实的蝉为薄，向例是含在死者的口中，成为最后的、一句没有声音的语言，那句话在说：

"今天，我入土，像蝉的幼虫一样，不要悲伤，这不叫死，有一天，生命会复活，会展翅，会如夏日出土的鸣蝉……"

那究竟是生者安慰死者而塞入的一句话，抑或是死者安慰生者而含着的一句话？如果那是愿心，算不算狂妄的奢愿？如果那是谎言，算不算美丽的谎言？我不知道，只知道玉玲蝉那半透明的豆青或土褐色仿佛是由生入死的薄膜，又恍惚是由死返生的符信，但生生死死的事岂是我这样的凡间女子所能参破的？且在这落雨的下午俯首凝视这枚佩在自己胸前的被烈焰般的红丝线所穿结的玉玲蝉吧！

五　玉肆

我在玉肆中走，忽然看到一块像蛀木又像土块的东西，仿佛一张枯涩凝止的悲容，我驻足良久，问道：

"这是一种什么玉？多少钱？"

"你懂不懂玉？"老板的神色间颇有一种抑制过的傲慢。

"不懂。"

"不懂就不要问！我的玉只卖懂的人。"

我应该生气应该跟他激辩一场的，但不知为什么，近年来碰到类似的场面倒宁可笑笑走开。我虽然不喜欢他的态度，但相较而言，我更不喜欢争辩，尤其痛恨学校里"奥瑞根式"的辩论比赛，一句一句逼着人追问，简直不像人类的对话，嚣张狂肆到极点。

不懂玉就不该买不该问吗？世间识货的又有几人？孔子一生，也没把自己那块美玉成功地推销出去。《水浒传》里的阮小七说："一腔热血，只要卖与识货的！"但谁又是热血的识货买主？连圣贤的光焰、好汉的热血也都难以倾销，几块玉又算什么？不懂玉就不准买玉，不懂人生的人岂不没有权利活下去了？

当然，玉肆的老板大约也不是什么坏人，只是一个除了玉的知识找不出其他可以自豪之处的人吧？

然而，这件事真的很遗憾吗？也不尽然，如果那天我碰到的是个善良的老板，他可能会为我详细解说，我可能心念一动便买下那块玉，只是，果真如此又如何呢？它会成为我的小古玩。但此刻，它是我的一点憾意，一段未圆的梦，一份既未开始当然也就不至结束的情缘。

隔着这许多年，如果今天玉肆的老板再问我一次是否识玉，我想我仍会回答不懂，懂太难，能疼惜宝重也就够了。何况能懂就能爱吗？在竞选中互相中伤的政敌其实不是彼此十分了解吗？当然，如果情绪高昂，我也许会塞给他一张《说文解字》抄下来的字条：

> 玉，石之美者，有五德
>
> 润泽以温，仁之方也
>
> 鰓理自外，可以知中，义之方也
>
> 其声舒扬，专以远闻，智之方也
>
> 不挠而折，勇之方也
>
> 锐廉而不忮，絜之方也。

然而，对爱玉的人而言，连那一番大声铿锵的理由也是多余的。爱玉这件事几乎可以单纯到不知不识而只是一团简简单单的欢喜。像婴儿喜欢清风拂面的感觉，是不必先研究气流风向的。

六　瑕

付钱的时候，小贩又重复了一次："我卖你这玛瑙，再便宜不过了。"

我笑笑，没说话，他以为我不信，又加上一句：

"真的——不过这么便宜也有个缘故，你猜为什么？"

"我知道，它有斑点。"本来不想提的，被他一逼，只好说了，免得他一直啰唆。

"哎呀，原来你看出来了，玉石这种东西有斑点就差了，这串项链如果没有瑕疵，哇，那价钱就不得了啦！"

我取了项链，尽快走开。有些话，我只愿意在无人处小心地、断断续续地、有一搭没一搭地说给自己听：

对于这串有斑点的玛瑙，我怎么可能看不出来呢？它的斑痕如此清清楚楚。

然而买这样一串项链是出于一个女子小小的侠气吧，凭什么要说有斑点的东西不好？水晶里不是有一种叫"发晶"的种类吗？虎有纹，豹有斑，有谁嫌弃过它的皮毛不够纯色？

就算退一步说，把这斑纹算瑕疵，此间能把瑕疵如此坦然相呈的人也不多吧？凡是可以坦然相见的缺点就不该算缺点的。纯全完美的东西是神器，可供膜拜。但站在一个女人的观点来看，男人和孩子之所以可爱，正是由于他们那些一清二楚的无所掩饰的小缺点吧？就连一个人对自己本身的接纳和纵容，不也是看准了自己的种种小毛病而一笑置之吗？

所有的无瑕是一样的——因为全是百分之百的纯洁透明，但瑕疵斑点却面目各自不同。有的斑痕像藓苔数点，有的是沙岸逶迤，有的是孤云独走，更有的是铁索横江，玩味起来，反而令人忻然心喜。想起平生好友，也是如此，如果不能知道一两件对方的糗事，不能有一两件可笑可嘲可詈可骂之事彼此打趣，友谊恐怕也会变得空洞吧？

有时独坐细味"瑕"字，也觉悠然意远，瑕字左边是王字，从玉，是先有玉才有瑕的啊！正如先有美人而后才有"美人痣"，先有英雄，而后有悲剧英雄的缺陷性格（tragic flew）。缺憾必须依附于完美，独存的缺憾岂有美丽可言？天残地阙，是因为天地都如此美好，才容得修地补天的改造的涂痕。一个"坏孩子"之所以可爱，不也正因为他在撒娇撒赖蛮不讲理之处有属于一个孩童近乎神明的纯洁了直吗？

瑕的右边是叚，叚有赤红色的意思，瑕的解释是"玉小赤"，我也喜欢瑕字的声音，自有一种坦然的不遮不掩的亮烈。

完美是难以冀求的，那么，在现实的人生里，请给我有瑕的真玉，而不是无瑕的伪玉。

七　唯一

据说，世间没有两块相同的玉——我相信，雕玉的人岂肯去重复别人的创制？

所以，属于我的这一块，无论贵贱精粗都是天地间独一无二的。我因而疼爱它，珍惜这一场缘分，世上好玉万千，我却恰好遇见这块，世上爱玉人亦有万千，它却偏偏遇见我，但我们之间的聚会，也只是五十年吧？上一个佩玉的人是谁呢？有些事是既不能去想更不能嫉妒的，只能安安分分珍惜这匆匆的相属相连的岁月。

八　活

佩玉的人总相信玉是活的，他们说："玉要戴，戴戴就活起来了哩！"

这样的话是真的吗，抑或只是传说臆想？

我不知道自己能不能把一块玉戴活，这是需要时间才能证明的事，也许几十年的肌肤相亲，真可以使玉重新有血脉和呼吸。但如果奇迹是可祈求的，我愿意首先活过来的是我，我的清洁质地，我的致密坚实，我的莹秀温润，我的斐然纹理，我的清声远扬。如果玉可以因人的佩戴而复活，也让人因佩戴而复活吧，让每一时每一刻的我莹彩暖暖，如冬日清晨的半窗阳光。

九　石器时代的怀古

把人和玉、玉和人交织成一的神话是《红楼梦》，它也叫《石头记》，在补天的石头群里，主角是那三万六千五百零一块中多出的一块，天长日久，竟成了通灵宝玉，注定要来人间历经一场情劫。

他的对方则是那似曾相识的绛珠仙草。

那玉，是男子的象征，是对于整个石器时代的怀古。那草，是女子的表记，是对棒棒莽莽洪荒森林的思忆。

静安先生释《红楼梦》中的玉，说"玉"即"欲"，大约也不算错吧？《红楼梦》中含玉字的名字总有其不凡的主人，像宝玉、黛玉、妙玉、红玉，都各自有他们不同的人生欲求。只是那欲似乎可以解作英文里的 want，是一种不安，一种需索，是不知所从出的缠绵，是最快乐之时的凄凉，最完满之际的缺憾，是自己也不明白所以的惴惴，是想挽住整个春光留下所有桃花的贪心，是大彻大悟与大栈恋之间的摆荡。

神话世界每是既富丽而又高寒的，所以神话人物总要找一件道具或伴当相从，设若龙不吐珠，嫦娥没有玉兔，李聃失了青牛，张果老走了肯让人倒骑的驴或是麻姑少了仙桃，孙悟空缴回金箍棒，那神话人物真不知如何施展身手了——贾宝玉如果没有那块玉，也只能做美国童话《绿野仙踪》里的"无心人"奥迪斯。

"人非木石，孰能无情"，说这话的人只看到事情的表象，木石世界的深情大义又岂是我们凡人所能尽知的。

十　玉楼

如果你想知道钻石，世上有宝石学校可读，有证书可以证明你的鉴定力。但如果你想知道玉，且安安静静地做自己，并从肤发的温润、关节的玲珑、眼目的清澈、意志的凝聚、言笑的清朗中去认知玉吧！玉即是我，所谓文明其实亦即由石入玉的历程，亦即由血肉之躯成为"人"的史页。

道家以目为"银海"，以肩为玉楼，想来仙家玉楼连云也不及人间一肩可担道义的肩胛骨为贵吧？爱玉之极，恐怕也只是返身自重吧？

劫后

那天早晨大概是被白云照醒的，我想。云影一片接一片地从窗前扬帆而过，带着秋阳的那份特殊的耀眼。

阳光是真的出现了，阳光差不多可以嗅得出来——在那么长久的风雨和阴晦之后。我没有带伞便走了出去，澄碧的天空值得信任。

琉公圳的水退了，两岸的垂柳仍沾惹着黯淡的黑泥，那一夜它们必然曾经浸在泥泞的大水中。还有那些草，不知它们那一夜曾以怎样的荏弱去抗拒怎样的坚强。我只知道——凭着今天的阳光我知道——有一天，柳丝仍将氄氄如金，芳草仍将萋萋胜碧，生命永不会被击倒。

有些孩子，赤着脚在退去的水中嬉玩，手里还捏着刚捉到的泥腥的小鱼。欢乐仍在，游戏仍在，贫困中自足的怡情仍在。

巷子里，巷子外，快活的工人趴在屋顶和墙头上。调水泥的声音，砌砖块的声音，钉木桩的声音，那么协调地响在发亮的秋风里。受创的记忆忽然间变得很遥远，眼前只有音乐——这灾劫之后美丽的重建之声。于是便想起战争，想起使人类恐惧了很久却未出现的战争。忽然觉得并没有什么可怕，如果在那时只剩下一对男女，他们仍将削木为梳，裁叶为衣，并且举火为炊。生活的弦将永不辍断。

　　局促的瓦屋前，人人将团花的旧被撑在椅子上。微温的阳光下，那俗艳的花朵竟也出奇地动人。今夜，松香的软褥上，将升起许多安恬的梦。今夜将无风，今夜将无雨，今夜是可预料的甜蜜。

　　街头重新有了拥挤不堪的车辆和人群，车子停滞不前，大家都耐心地等着。灾劫之后，似乎人性变得和善了一些，也不十分在乎这几分钟的耽延了。交通车里，平常不交一言的同事也开始互相问询：

　　"府上还好吗？"

　　"还好，没有什么。"

　　"只进了一尺水。"

　　"我们家的水已经齐胸了。"

　　话题很愉快，余痛已不再写在脸上。每个人都高高兴兴的像负了伤仍然自豪的战士，去努力于恢复旧有的秩序。似乎大家都发现能有一张餐桌可供食，有一张干燥的旧床可供憩息是多么美好幸福的事。

　　菜场里再度熙攘起来，提着篮子的主妇愉快地穿梭着，并且重新有了还价的兴致。我第一次发现满筐的鸡蛋看来竟那么圆润可爱。那微赤带褐的洛岛红，那晶莹欲穿的来亨，都像是什么战争中赢来的珠宝，被放在显要的位置上炫耀它所代表的胜利——在十一级的风之后，在十二级的水之后。

隔楼的琴声在久久的沉寂后终于响起，那既不成熟又不动听的旋律却令人几乎垂泪。在灾变之后，我忽然关心起那弹琴的小女孩，想她必然也曾惊悸过，哭泣过。而此刻，她的琴声里重新响起稳定而幸福的感觉，像一阕安眠曲，平复了日间的忧伤。

简单的琴声里，我似乎渐渐能看见那些山石下的死者，那些波涛中的生者，一刹那，他们仿佛都成了我的弟兄。我与那些素未谋面的受难者同受苦难，我与那些饥寒的人一同饥寒。有时候，我甚至能亲切地想到几万年前的古人，在那个落地玻璃被吹破，黑暗中榉木地板上流着雨水的夜里，我便那么确实地感到他们的战栗，以及他们的不屈。我第一次稍稍了解那些在矿灾之后地震之余的手足。我第一次感到他们的眼泪在我的眼眶中流转，我第一次感到他们的悲哀在我的血管中翻腾。

于是学会了为阳光感谢——因为阴晦并非不可能。学会了为平静而索味的日子感谢——因为风暴并非不可能。学会了为粗食淡饭感谢——因为饥饿并非不可能。甚至学会了为一张狰狞的面目感谢——因为有一天，我们中间不知谁便要失去这十分脆弱的肉体。

并且，那么容易地便了解了每一件不如意的事，似乎原来都可以更不如意。而每一件平凡的事，都是出于一种意外的幸运。日光本来并不是我们所应得的。月光也未曾向我们索取过户税。还有那些焕然一天的星斗，那些灼热了四季的玫瑰，都没有服役于我们的义务。只因我们已习惯于它们的存在，竟至于习惯得不再激动，不再觉得活着是一种恩惠，不再存着感戴和敬畏。但在风雨之后，一切都被重新思索，这才忽然惊喜地发现，一年之中竟有那么多美好的日子——每一天，都是一个欢欣的感恩节。

有一天，当许多许多年之后，或许在一个多萤的夏夜，或许在一个炉火半温的冬天黄昏，我们会再提起艾尔西和芙劳西，会提起那交加的风灾雨劫，但我们会欢欣地复述，不以它为祸，只以它为一则奇妙耐听的老故事。

我们将淡忘那些损失，我们不复记忆那些恐惧。我们只将想到那停电的夜里，家人共围着一支小红烛的美好画面。我们将清晰地记起在四方风雨中，紧拥着一个哭泣的孩童，并且使他安然入睡的感觉，那时候那孩子或许已是父亲。我们更将记得灾劫之后的阳光，那样好得无以复加地落在受难者的门楣上。

不朽的失眠

　　他落榜了！一千二百年前。榜纸那么大那么长，然而，就是没有他的名字。啊！竟单单容不下他的名字——"张继"那两个字。

　　考中的人，姓名一笔一画写在榜单上，天下皆知。奇怪的是，在他的感觉里，考不上，才更是天下皆知，这件事，令他羞惭沮丧。

　　离开京城吧！议好了价，他踏上小舟。本来预期的情节不是这样的，本来也许有插花游街、马蹄轻疾的风流，有衣锦还乡、袍笏加身的荣耀。然而，寒窗十年，虽有他的悬梁刺股，琼林宴上，却并没有他的一角席位。

　　船行似风。

　　江枫如火，在岸上举着冷冷的烛焰，这天黄昏，船，来到了苏州。但，这美丽的古城，对张继而言，也无非是另一个触动愁情的地方。

　　如果说白天有什么该做的事，对一个读书人而言，就是读书吧！夜晚呢？夜晚该睡觉以便养足精神第二天再读。然而，今夜是一个忧伤的夜晚。今夜，在异乡，在江畔，在秋冷雁高的季节，容许一个落魄的士子放肆他的忧伤。江水，可以无限度地收纳古往今来一切不顺遂之人的泪水。

这样的夜晚，残酷地坐着，亲自听自己的心正被什么东西啮食而一分一分消失的声音。并且眼睁睁地看自己的生命如劲风中的残灯，所有的力气都花在抗拒，油快尽了，微火每一刹那都可能熄灭。然而，可恨的是，终其一生，它都不曾华美灿烂过啊！

江水睡了，船睡了，船家睡了，岸上的人也睡了。唯有他，张继，醒着，夜愈深，愈清醒，清醒如败叶落余的枯树，似梁燕飞去的空巢。

起先，是睡眠排拒了他（也罢，这半生，不是处处都遭排拒吗？）而后，是他在赌气，好，无眠就无眠，长夜独醒，就干脆彻底来为自己验伤，有何不可？

月亮西斜了，一副意兴阑珊的样子。有鸟啼，粗嘎嘶哑，是乌鸦。那月亮被它一声声叫得更黯淡了。江岸上，想已霜结千草。夜空里，星子亦如清霜，一粒粒冷绝凄绝。

在鬓角在眉梢，他感觉，似乎也森然生凉，那阴阴不怀好意的凉气啊，正等待凝成早秋的霜花，来贴缀他惨绿少年的容颜。

江上渔火二三，他们在干什么？在捕鱼吧，或者，虾？他们也会有撒空网的时候吗？世路艰辛啊！即使潇洒的捕鱼人，也不免投身在风波里吧？

然而，能辛苦工作，也是一项幸福呢！今夜，月自光其光，霜自冷其冷，安心的人在安眠，工作的人去工作。只有我张继，是天不管地不收的一个，是既没有权力去工作，也没福气去睡眠的一个……

钟声响了，这奇怪的深夜的寒山寺钟声。一般寺庙，都是暮鼓晨钟，寒山寺却敲"夜半钟"，用以警世。钟声贴着水面传来，在别人，那声音只是睡梦中模糊的衬底音乐。在他，却一记一记都撞击在心坎上，正中要害。钟声那么美丽，但钟自己到底是痛还是不痛呢？

既然无眠，他推枕而起，摸黑写下"枫桥夜泊"四字。然后，就把其余二十八个字照抄下来。我说"照抄"，是因为那二十八个字在他心底已像白墙上的黑字一样分明凸显：

> 月落乌啼霜满天，
>
> 江枫渔火对愁眠。
>
> 姑苏城外寒山寺，
>
> 夜半钟声到客船。

感谢上苍，如果没有落第的张继，诗的历史上便少了一首好诗，我们的某一种心情，就没有人来为我们一语道破。

一千二百年过去了，那张长长的榜单上（就是张继挤不进去的那纸金榜）曾经出现过的状元是谁？哈！谁管他是谁！真正被记得的名字是"落第者张继"。有人曾记得那一届状元披红游街的盛景吗？不！我们只记得秋夜的客船上那个失意的人，以及他那场不朽的失眠。

秋千上的女子

楔子

　　我在备课——这样说有点吓人，仿佛有多模范似的，其实也不是，只是把秦少游的词在上课前多看两眼而已。我一向觉得少游词最适合年轻人读：淡淡的哀伤，怅怅的低喟，不需要什么理由就愁起来的愁，或者未经规划便已深深坠入的情劫……

　　"秋千外，绿水桥平。"

　　啊，秋千，学生到底懂不懂什么叫秋千？他们一定自以为懂，但我知道他们不懂，要怎样才能让学生明白古代秋千的感觉？

　　这时候，电话响了，索稿的——紧接着，另一通电话又响了，是有关淡江大学"女性书写"研讨会的。再接着是东吴校庆筹备组规定要交散文一篇，似乎该写点"话当年"的情节，催稿人是我的学生张曼娟，使我这犯规的老师惶惶无辞……

然后，糟了，由于三案并发，我竟把这几件事想混了，秋千，女性主义，东吴读书，少年岁月，粘粘为一，撕拉不开……

汉族，是个奇怪的族类，他们不但不太擅长唱歌或跳舞，就连玩，好像也不太会。许多游戏，都是西边或北边传来的——也真亏我们有这些邻居，我们因这些邻居而有了更丰富多样的水果、嘈杂凄切的乐器、吞剑吐火的幻术……以及，哎，秋千。

在台湾，每所小学，都设有秋千架吧？大家小时候都玩过它吧？

但诗词里的"秋千"却是另外一种，它们的原籍是"山戎"，据说是齐桓公征伐山戎的时候顺便带回来的。想到齐桓公，不免精神为之一振，原来这小玩意儿来中原的时候，正当先秦诸子的黄金年代。而且，说巧不巧的，正是孔老夫子的年代。孔子没提过秋千，孟子也没有。但孟子说过一句话："咱们儒家的人，才不去提他什么齐桓公晋文公之流的家伙。"

既然瞧不起齐桓公，大概也就瞧不起他征伐胜利后带回中土的怪物秋千了！

但这山戎身居何处呢？山戎在春秋时代住在河北省的东北方，现在叫作迁安市的一个地方。这地方如今当然早已是长城里面的版图了，它位于山海关和喜峰口之间，和避暑胜地北戴河同纬度。

而山戎又是谁呢？据说便是后来的匈奴，更后来叫胡，似乎也可以说，就是以蒙古族为主的北方民族。汉人不怎么有兴趣研究胡人家世，叙事起来不免草草了事。

有机会我真想去迁安市走走，看看那秋千的发祥地是否有极高大夺目的漂亮秋千，而那里的人是否身手矫健，可以把秋千荡得特别高，特别矫健——但恐怕也未必，胡人向来决不"安于一地"，他们想来早已离开迁安市，"迁安"两字顾名思义，是鼓励移民的意思，此地大概早已塞满无所不在的汉人移民。

哎，我不禁怀念起古秋千的风情来了。

《荆楚岁时记》上说："秋千，本北方山戎之戏，以习轻趫，后中国女子学之，楚俗谓之施钩，《涅槃经》谓之罟索。"

《开元天宝遗事》则谓："天宝宫中，至寒食节，竞竖秋千，令宫嫔辈，戏笑以为宴乐，帝呼为半仙之戏，都市士民因而呼之。"

《事物纪原》也引《古今艺术图》谓："北方戎狄爱习轻趫之态，每至寒食为之，后中国女子学之，乃以条绳悬树之架，谓之秋千。"

这样看来，秋千，是季节性的游戏，在一年最美丽的季节——暮春寒食节（也就是我们的春假日）——举行。

试想在北方苦寒之地，忽有一天，春风乍至，花鸟争喧，年轻的心一时如空气中的浮丝游絮飘飘扬扬，不知所止。

于是，他们想出了这种游戏，这种把自己悬吊在半空中来进行摆荡的游戏，这种游戏纯粹呼应着春天来时那种摆荡的心情。当然也许和丛林生活的回忆有关。打秋千多少有点像泰山玩藤吧？

然而，不知为什么，事情传到中国，打秋千竟成为女子的专利。

并没有哪一条法令禁止中国男子玩秋千，但在诗词中看来，打秋千的竟全是女孩。

也许因为初传来时只有宫中流行，宫中男子人人自重，所以只让宫女去玩，玩久了，这种动作竟变成是女性世界里的女性动作了。

宋明之际，礼教的势力无远弗届，汉人的女子，裹着小小的脚，蹭蹬在深深的闺阁里，似乎只有春天的秋千游戏，可以把她们荡到半空中，让她们的目光越过自家修筑的铜墙铁壁，而望向远方。

那年代男儿志在四方，他们远戍边荒，或者，至少也像司马相如，走出多山多岭的蜀郡，在通往长安的大桥桥柱上题下：

"不乘高车驷马，不复过此桥。"

然而女子，女子只有深深的闺阁，深深深深的闺阁，没有长安等着她们去功名，没有拜将台等着她们去封诰，甚至没有让严子陵归隐的"登云钓月"的钓矶等着她们去度闲散的岁月（"登云钓月"是苏东坡题在一块大石头上的字，位置在浙江富阳，近杭州，相传那里便是严子陵钓滩）。

我的学生，他们真的会懂秋千吗？她们必须先明白身为女子便等于"坐女监"。所不同的是，有些监狱窄小湫隘，有些监狱华美典雅。而秋千却给了她们合法的越狱权，她们于是看到远方，也许不是太远的远方，但毕竟是狱门以外的世界。

秦少游那句"秋千外，绿水桥平"，是从一个女子眼中看春天的世界。秋千让她把自己提高了一点点，秋千荡出去，她于是看见了春水。春水明艳，如软琉璃，而且因为春冰乍融，水位也提高了，那女子看见什么？她看见了水的颜色和水的位置，原来水位已经平到桥面去了！

墙内当然也有春天，但墙外的春天却更奔腾恣纵啊！那春水，是一路要流到天涯去的水啊！

只是一瞥，另在秋千荡高去的那一刹，世界便迎面而来。也许视线只不过以两公里为半径，向四面八方扩充了一点点，然而那一点是多么令人难忘啊！人类的视野不就是那样一点点地拓宽的吗？女子在那如电光石火的刹那窥见了世界和春天。而那时候，随风鼓胀的，又岂止是她绣花的裙摆呢？

众诗人中似乎韩偓是最刻意描述美好的"秋千经验"的，他的《秋千》一诗是这样写的：

> 池塘夜歇清明雨，
> 绕院无尘近花坞。
> 五丝绳系出墙迟，
> 力尽才瞵见邻圃。
> 下来娇喘未能调，
> 斜倚朱阑久无语。
> 无语兼动所思愁，
> 转眼看天一长吐。

其中形容女子打完秋千"斜倚朱阑久无语""无语兼动所思愁"，颇耐人寻味。"远方"，也许是治不愈的痼疾，"远方"总是牵动"更远的远方"。诗中的女子用极大的力气把秋千荡得极高，却仅仅见到邻家的园圃——然后，她开始无语哀伤，因为她竟因而牵动了"乡愁"——为她所不曾见过的"他乡"所兴起的乡愁。

韦庄的诗也爱提秋千，下面两句景象极华美：

> 紫陌乱嘶红叱拨（红叱拨是马名），
> 绿杨高映画秋千。（《长安清明》）

> 好似隔帘花影动，
> 女郎撩乱送秋千。（《寒食城外醉吟》）

第一例里短短十四字便有四个跟色彩有关的字，血色名马骄嘶而过，绿杨丛中有精工绘画的秋千……

第二例却以男子的感受为主，诗词中的男子似乎常遭秋千"骚扰"，秋千给了女子"一点点坏之必要"（这句型，当然是从痖弦诗里偷来的），荡秋千的女子常常会把男子吓一跳，她是如此临风招展，却又完全"不违礼俗"。她的红裙在空中画着美丽的弧，那红色真是既奸又险，她的笑容晏晏，介乎天真和诱惑之间，她在低空处飞来飞去，令男子不知所措。

张先的词：

> 那堪更被明月，
> 隔墙送过秋千影。

说的是一个被邻家女子深夜荡秋千所折磨的男子。那女孩的身影被明月送过来，又收回去，再送过来，再收回去……

似乎女子每多一分自由，男子就多一分苦恼。写这种情感最有趣的应该是东坡的词：

> 墙里秋千墙外道。
>
> 墙外行人，墙里佳人笑。
>
> 笑渐不闻声渐悄。
>
> 多情却被无情恼。

由于自己多情便嗔怪女子无情，其实也没什么道理。荡秋千的女子和众女伴嬉笑而去，才不管墙外有没有痴情人在痴立。

使她们愉悦的是春天，是身体在高下之间摆荡的快意，而不是男人。

韩偓的另一首诗提到的"秋千感情"又更复杂一些：

> 想得那人垂手立，
>
> 娇羞不肯上秋千。

似乎那女子已经看出来，在某处，也许在隔壁，也许在大路上，有一双眼睛，正定定地等着她，她于是僵在那里，甚至不肯上秋千，并不是喜欢那人，也不算讨厌那人，只是不愿让那人得逞，仿佛多称他的心似的。

众诗词中最曲折的心意，也许是吴文英的那句：

> 黄蜂频扑秋千索，
>
> 有当时，纤手香凝。

由于看到秋千的丝绳上，有黄蜂飞扑，他便解释为荡秋千的女子当时手上的香已在一握之间凝聚不散，害黄蜂以为那绳索是一种可供采蜜的花。

啊，那女子到哪里去了呢？在手指的香味还未消失之前，她竟已不知去向。

——啊！跟秋千有关的女子是如此挥洒自如，仿佛云中仙鹤不受网弋，又似月里桂影，不容攀折。

然而，对我这样一个成长于 20 世纪中期的女子，读书和求知才是我的秋千吧？握着柔韧的丝绳，借着这短短的半径，把自己大胆地抛掷出去。于是，便看到墙外美丽的清景：也许是远岫含烟，也许是新秧翻绿，也许雕鞍上有人正起程，也许江水带来归帆……世界是如此富艳难踪，而我是那个在一瞥间得以窥伺大千的人。

"窥"字其实是个好字，孔门弟子不也以为他们只能在墙缝里偷看一眼夫子的深厚吗？是啊，是啊，人生在世，但让我得窥一角奥义，我已知足，我已知恩。

我把从《三才图会》上影印下来的秋千图戏剪贴好，准备做成投影片给学生看，但心里却一直不放心，他们真的会懂吗？曾经，在远古的年代，在初暖的薰风中，有一双足悄悄踏上板架，有一双手，怯怯握住丝绳，有一颗心，突地向半空中荡起，荡起，随着花香，随着鸟鸣，随着迷途的蜂蝶，一起去探询春天的资讯。

走着，走着，在春天

春天，想去迪化，请香港相熟的一家旅行社代办，传真回来，居然说，不知道，根本没有迪化这个城。天哪！天哪！一座迪化城，就这么消失了不成？听了简直令人心惊胆战。

仔细一想，是了，它另有其名了，如今叫乌鲁木齐。然而旅行社又说话了，乌鲁木齐的机票不作任何保证。老天，有这种事，现在台北人的行事历一环扣着一环，哪里容得你"不作保证"。

于是把心一横，该去福州。

临行想起有个朋友是福建人，特别打电话去气他一下：

"去不成新疆了，只好随随便便去福州逛一圈就回来！"

他果然中计，气呼呼地说：

"福州可不是给你随随便便去的！"

然而，细雨轻烟中，仿佛电话的尾音未落，我已人在福州。一把伞上台北的雨未干，又淋上福州的雨。

奇怪啊！满街新绿的樟树，怎么就跟台北一模一样哩！感觉上像是沿着中山北路那排樟树一直走，走着走着就走到了福州街上来了！

然后走着走着，在街头买一块钱十只的"光饼"来吃，分明是我当年在双连车站买的那一种嘛！怎么，一嘴一嚼间已是四十年岁月。

我仍然走着，走进林觉民纪念馆，走到他和妻子看月的窗前。低下头去，橱窗里一方素帕，"意映卿卿如晤……"就写在那上面。墨迹沉沉，仿佛那少年头颅掷处的斑斑血迹。

意外的是林家的房子后来被谢家买了，而所谓谢家，便是谢冰心的家，她自小在这里长大。想起冰心，那是我曾为之心折神摧的冰心，那属于海洋的冰心，那属于孩童的冰心。只是没想到她的海也恰是我的海啊！

真的，沿着中山北路，沿着民生西路，或沿着迪化街，一路走，走着走着，在春天，你就会走回福州城。那里的春雨和这里一样湿润，那里的樟树——如果有人想画，就连画笔也不必麻烦去洗了，只要把画笔一路从此岸挥洒到彼岸就行了，它们完全是同其浓淡共其深浅的啊！

生命，以什么单位计量

这是一家小店铺，前面做门市，后面住家。

星期天早晨，老板娘的儿子从后面冲出来，对我大叫一句："我告诉你，我的电动玩具比你多！"

我不知道他在跟谁说话，四面一看，店里只我一人，我才发现，这孩子在跟我做现代版的"石崇斗富"。

"你的电动玩具都是小的，我的，是大的！"小孩继续叫阵。

老天爷，这小孩大概太急于压垮人，于是饥不择食，居然来单挑我，要跟我比电动玩具的质跟量。我难道看起来会像一个玩电动玩具的小孩吗？我只得苦笑了。

他其实是个蛮清秀的小孩，看起来也聪明机灵，但他为什么偏偏要找人比电动玩具呢？

"我告诉你，我根本没有电动玩具！"我弯腰跟那小孩说，"一个也没有，大的也没有，小的也没有——你不用跟我比，我根本就没有电动玩具，告诉你，我一点也不喜欢电动玩具。"

小孩目瞪口呆地望着我，正在这时候，小孩的爸爸在里面叫他："回来，不要烦客人。"

（奇怪的是他只关心有没有哪一宗生意被这小鬼吵掉了，他完全没想到说这种话的儿子已经很有毛病了。）

我不能忘记那小孩惊奇不解的眼神。大概，这正等于你驰马行过草原有人拦路来问："远方的客人啊，请问你家有几千骆驼、几万牛羊？"

你说："一只也没有，我没有一只骆驼，一只牛，一只羊，我连一只羊蹄也没有！"

又如雅美人问你："你近年有没有新船下水？下水礼中你有没有准备够多的芋头？"

你却说："我没有船，我没有猪，我没有芋头！"

这是一个奇怪的世界。计财的方法或用骆驼或用芋头。或用田地，或用妻妾，至于黄金、钻石、房屋、车子、古董——都是可以计算的单位。

这样看来，那孩子要求以电动玩具和我比画，大概也不算极荒谬吧！

可是，我是生命，我的存在既不是"架""栋""头""辆"，也不是"亩""艘""匹""克拉"等单位所可以称量评估的啊！

我是我，不以公斤，不以公分，不以智商，不以学位，不以畅销的"册数"。我，不纳入计量单位。

有个叫"时间"的家伙走过

"这是什么菜?"晚餐桌上丈夫点头赞许,"这青菜好,我喜欢吃,以后多买这种菜。"

我听了,啼笑皆非,立即顶回去:

"见鬼哩,这是什么菜? 这是青江菜,两个星期以前你还说这菜难吃,叫我以后别再买了。"

"怎么可能?"

"怎么不可能? 上次买的老,这次买的嫩,其实都是它,你说爱吃的也是它,你说不爱吃的还是它。"

同样的东西,在不同时段上,差别之大,几乎会让你忘了它们原本是一个啊!

此刻委地的尘泥,曾是昨日枝头喧闹的春意,两者之间,谁才是那花呢?

今朝为蝼蚁食剩的枯骨,曾是昔时舞妒杨柳的软腰,两相参照谁方是那绝世的美人呢?

　　一把青江菜好吃不好吃，这里头竟然牵动起生命的大怆痛了。

　　你所爱的，和你所恶的，其实只是同一个对象，只不过，有一个名叫"时间"的家伙曾经走过而已。

人体中的繁星和穹苍

青春太好，好到无论你怎么过都觉得浪掷，回头一看，都要生悔。

月，阙也

"月，阙也"那是一本两千年前的文学专书的解释。阙，就是"缺"的意思。

那解释使我着迷。

曾国藩把自己的住所题作"求阙斋"，求缺？为什么？为什么不求完美？

那斋名也使我着迷。

"阙"有什么好呢？"阙"简直有点像古中国性格中的一部分，我渐渐爱上了阙的境界。

我不再爱花好月圆了吗？不是的，我只是开始了解花开是一种偶然，但我同时学会了爱它们月不圆花不开的"常态"。

在中国的传统里，"天残地缺"或"天聋地哑"的说法几乎是毫无疑问地被一般人所接受。也许由于长期的患难困顿，中国神话中对天地的解释常是令人惊讶的。

在《淮南子》里，我们发现中国的天空和中国的大地都是曾经受伤的。女娲以其柔和的慈手补缀抚平了一切残破。当时，天穿了，女娲炼五色石补了天。地摇了，女娲折断了神鳌的脚爪垫稳了四极（多像老祖母叠起报纸垫桌子腿）。她又像一个能干的主妇，扫了一堆芦灰，止住了洪水。

中国人一直相信天地也有其残缺。

我非常喜欢中国西南部某些族的神话，他们说，天地是男神女神合造的。当时男神负责造天，女神负责造地。等他们各自分头完成了天地而打算合在一起的时候，可怕的事发生了：女神太勤快，她们把地造得太大，以至于跟天没办法得合起来了。但是，他们终于想到了一个好办法，他们把地折叠了起来，形成高山低谷，然后，天地才虚合起来了。

是不是西南的崇山峻岭给他们灵感，使他们想起这则神话呢？

天地是有缺陷的，但缺陷造成了皱褶，皱褶造成了奇峰幽谷之美。月亮是不能常圆的，人生不如意事十常八九；当我们心平气和地承认这一切缺陷的时候，我们忽然发觉没有什么是不可以接受的。

在另一则汉民族的神话里，说到大地曾被共工氏撞不周山时撞歪了——从此"地陷东南"，长江黄河便一路浩浩渺渺地向东流去，流出几千里地惊心动魄的风景。而天空也在当时被一起撞歪了，不过歪的方向相反，是歪向西北，据说日月星辰因此哗啦一声大部分都倒到那个方向去了。如果某个夏夜我们抬头而看，忽然发现群星灼灼然的方向，就让我们相信，属于中国的天空是"天倾西北"的吧!

五千年来,汉民族便在这歪倒倾斜的天地之间挺直脊骨生活下去,只因我们相信残缺不但是可以接受的,而且是美丽的。

而月亮,到底曾经真正圆过吗?人生世上其实也没有看过真正圆的东西。一张葱油饼不够圆,一块镍币也不够圆。即使是圆规画的圆,如果用高倍显微镜来看也不可能圆得很完美。

真正的圆存在于理念之中,而在现实的世界里,我们只能做圆的"复制品"。就现实的操作而言,一截圆规上的铅笔心在画圆的起点和终点时,已经粗细不一样了。

所有的天体远看都呈球形,但并不是绝对的圆,地球是约略近于椭圆形。

就算我们承认月亮约略的圆光也算圆,它也是"方其圆时,即其缺时"。有如十二点整的钟声,当你听到钟响时,已经不是十二点了。

此外,我们更可以换个角度看。我们说月圆月阙其实是受我们有限的视觉所欺骗。有盈虚变化的是月光,而不是月球本身。月何尝圆,又何尝缺,它只不过像地球一样不增不减地兀自圆着——以它那不十分圆的圆。

花朝月夕,固然是好的,只是真正的看花人哪一刻不能赏花?在初生的绿芽嫩嫩怯怯地探头出土时,花已暗藏在那里。当柔软的枝条试探地在大气中舒手舒脚时,花隐在那里。当蓓蕾悄然结胎时,花在那里。当花瓣怒张时,花在那里。当香销红黯委地成泥的时候,花仍在那里。当一场雨后只见满丛绿肥的时候,花还在那里。当果实成熟时，花恒在那里，甚至当果核深埋地下时，花依然在那里……

或见或不见，花总在那里。或盈或缺，月总在那里。不要做一朝的看花人吧！不要做一夕的赏月人吧，人生在世哪一刻不美好完满？哪一刹不该顶礼膜拜感激欢欣呢？

因为我们爱过圆月，让我们也爱缺月吧——它们原是同一个月亮啊！

回头觉

    几个朋友围坐聊天，聊到"睡眠"。

    "世上最好的觉就是回头觉。"有一人发表意见。

    立刻有好几人附和。回头觉也有人叫"还魂觉"，如果睡过，就知道其妙无穷。

    回头觉是好觉，这种状况也许并不合理，因为好觉应该一气呵成、首尾一贯才对，一口气睡得饱饱，起来时可以大喝一声："八小时后又是一条好汉！"

    回头觉却是残破的。睡到一半，闹钟猛叫，必须爬起，起来后头重脚轻，昏昏倒倒，神志迷糊，不知怎么却又猛想起，今天是假日，不必上班上学，于是立刻回去倒头大睡。这"倒下之际"那种失而复得的喜悦，是回头觉甜美的原因。

    世间万事，好像也是如此，如果不面临"失去"的惶恐，不像遭剥皮一般被活活剥下什么东西，也不会憬悟"曾经拥有"的喜悦。

你不喜欢你所住的公寓，它窄小、通风不良，隔间也不理想。但有一天你忽然听见消息，说它是违章建筑，违反都市计划，市政府下个月就要派人来拆了。这时候你才发现它是多么好的一栋房子啊，它多么温馨安适，一旦拆掉真是可惜，叫人到哪里再去找一栋和它相当的好房子？

如果这时候有人告诉你这一切不过是误传，这栋房子并不是违建，你可以安心地住下去——这时候，你不禁欢欣喜忏，仿佛捡到一栋房子。

身边的人也是如此，惹人烦的配偶、缠人的小孩、久病的父母，一旦无常，才知道因缘不易。从癌症魔掌中抢回亲人，往往使我们有叩谢天恩的冲动。

原来一切的"继续"其实都可以被外力"打断"，一切的"进行"都可能强行"中止"，而所谓的"存在"也都可以被剥夺成"不存在"。

能睡一个完美的觉的人是幸福的，可惜的是他往往并不知道自己拥有那份幸福。因此被吵醒而回头再睡的那一觉反而显得更幸福，只有遭剥夺的人才知道自己拥有的是什么。

让我们想象一下自己拥有的一切有多少是可能遭掠夺的，这种想象有助于增长自己的"幸福评分指数"。

一句好话

小时候过年，大人总要我们说吉祥话，但碌碌半生，竟有一天我也要教自己的孩子说吉祥话了，才蓦然警觉这世间好话是真有的，令人思之不尽，但却不是"升官""发财""添丁"这一类的，好话是什么呢？冬夜的晚上，从爆白果的馨香里，我有一句没一句地想起来了……

一　你们爱吃肥肉，还是瘦肉？

讲故事的是个年轻的女用人名叫阿密，那一年我八岁，听善忘的她一遍遍重复讲这个她自己觉得非常好听的故事，不免烦腻，故事是这样的：

有个人啦，欠人家钱，一直欠，欠到过年都没有还哩，因为没有钱还嘛。后来那个债主不高兴了，他不甘心，所以到了吃年夜饭的时候，就偷偷跑到欠钱的家里，躲在门口偷听，想知道他是真没有钱还是假没有钱，听到开饭了，那欠钱的说：

"今年过年，我们来大吃一顿，你们小孩子爱吃肥肉，还是瘦肉？"（顺便插一句嘴，这是个老故事，那年头的肥肉瘦肉都是无上美味）

那债主站在门外，听得清清楚楚，气得要死，心里想，你欠我钱，害我过年不方便，你们自己原来还有肥肉瘦肉拣着吃哩！他一气，就冲进屋里，要当面给他好看，等到跑到桌上一看，哪里有肉，只有一碗萝卜一碗番薯，欠钱的人站起来说，"没有办法，过年嘛，萝卜就算是肥肉，番薯就算是瘦肉，小孩子嘛！"

原来他们的肥肉就是白白的萝卜，瘦肉就是红红的番薯。他们是真穷啊，债主心软了，钱也不要了，跑回家去过年了。

许多年过去了，这个故事每到吃年夜饭时总会自动回到我的耳畔，分明已是一个不合时宜的老故事，但那个穷父亲的话多么好啊，难关要过，礼仪要守，钱却没有，但只要相恤相存，菜根也自有肥腴厚味吧！

在生命宴席极寒俭的时候，在关隘极窄极难过的时候，我仍要打起精神自己说：

"喂，你爱吃肥肉，还是瘦肉？"

二　我喜欢跟你用同一个时间

他去欧洲开会，然后转美国，前后两个月才回家，我去机场接他，提醒他说："把你的表拨回来吧，现在要用台湾时间了。"

他愣了一下，说：

"我的表一直是台湾时间啊！我根本没有拨过去！"

"那多不方便！"

"也没什么，留着台湾的时间我才知道你和小孩在干什么，我才能想象，现在你在吃饭，现在你在睡觉，现在你起来了……我喜欢跟你用同一个时间。"

他说那句话，算来已有十年了，却像一幅挂在门额的绣锦，鲜色的底子历经岁月，却仍然认得出是强旺的火。我和他，只不过是凡世中，平凡又平凡的男子和女子，注定是没有情节可述的人，但久别乍逢的淡淡一句话里，却也有我一生惊动不已、感念不尽的恩情。

三　好咖啡总是放在热杯子里的

经过罗马的时候，一位新识不久的朋友执意要带我们去喝咖啡。

"很好喝的，喝了一辈子难忘！"

我们跟着他东抹西拐大街小巷地走，石块拼成的街道美丽繁复，走久了，让人会忘记目的地，竟以为自己是出来踏石块的。

忽然，一阵咖啡浓香侵袭过来，不用主人指引，自然知道咖啡店到了。

咖啡放在小白瓷杯里，白瓷很厚，和中国人爱用的薄瓷相比另有一番稳重笃实的感觉。店里的人都专心品咖啡，心无旁骛。

侍者从一个特殊的保暖器里为我们拿出杯子，我捧在手里，忍不住讶道。

"咦，这杯子本身就是热的哩！"

侍者转身，微微一躬，说："女士，好咖啡总是放在热杯子里的！"

他的表情既不兴奋，也不骄矜，甚至连广告意味的夸大也没有，只是淡淡地在说一句天经地义的事而已。

是的，好咖啡总是应该斟在热杯子里的，凉杯子会把咖啡带凉了，香气想来就会蚀掉一些，其实好茶好酒不也都如此吗？

原来连"物"也是如此自矜自重的，《庄子》中的好鸟择枝而栖，西洋故事里的宝剑深契石中，等待大英雄来抽拔，都是一番万物的清贵，不肯轻易亵慢了自己。古代的禅师每从喝茶啜粥去感悟众生，不知道罗马街头那端咖啡的侍者也有什么要告诉我的，我多愿自己也是一份千研万磨后的香醇，并且慎重地斟在一只洁白温暖的厚瓷杯里，带动一个美丽的清晨。

四　将来我们一起老

其实，那天的会议倒是很正经的，仿佛是有关学校的研究和发展之类的。

有位老师，站了起来，说：

"我们是个新学校，老师进来的时候都一样年轻，将来要老，我们就一起老了……"

我听了，简直是急痛攻心，赶紧别过头去，免得让别人看见我的眼泪——从来没想到原来同事之间的萍水因缘也可以是这样的一生一世啊！学院里平日大家都忙，有的分析草药，有的解剖小狗，有的带学生做手术，有的正埋首典籍……研究范围相差既远，大家都无暇顾及别人，然而在一度一度的后山蝉鸣里，在一阵阵的上课钟声间，在满山台湾相思芬芳的韵律中，我们终将垂垂老去，一起交出我们的青春而老去。

能为一座学校而老，能跟其他的一时俊彦一起老，能看着一批批的孩子长大而心安理得地去老，也算一种幸福吧？

五　你长大了，要做人了

汪老师的家是我读大学的时候就常去的，他们没有子女，我在那里从他读《花间词》，跟着他的笛子唱昆曲，并且还留下来吃温暖的羊肉涮锅……

大学毕业，我做了助教，依旧常去。有一次，为了买不起一本昂价的书便去找老师给我写张名片，想得到一点折扣优待。等名片写好了，我拿来一看，忍不住叫了起来：

"老师，你写错了，你怎么写'兹介绍同事张晓风'，应该写'学生张晓风'的呀！"

老师把名片接过来，看看我，缓缓地说：

"我没有写错，你不懂，就是要这样写的，你以前是我的学生，以后私底下也是，但现在我们在一所学校里，你是助教，我是教授，阶级虽不同却都是教员，我们不是同事是什么？你不要小孩子脾气不改，你现在长大了，要做人了，我把你写成同事是给你做脸，不然老是'同学''同学'的，你哪一天才成人？要记得，你长大了，要做人了！"

那天，我拿着老师的名片去买书，得到了满意的折扣，至于省掉了多少钱我早已忘记，但不能忘记的却是名片背后的那番话。直到那一刻，我才在老师的爱纵推重里知道自己是与学者同其尊与长者同其荣的，我也许看来不"像"老师的同事，却已的确"是"老师的同事了。

竟有一句话使我一夕成长。

只因为年轻啊

一 爱——恨

小说课上，正讲着小说，我停下来发问："爱的反面是什么？"

"恨！"

大约因为对答案很有把握，他们回答得很快而且大声，神情明亮愉悦，此刻如果教室外面走过一个不懂中国话的老外，随他猜一百次也猜不出他们唱歌般快乐的声音竟在说一个"恨"字。

我环顾教室，心里浩叹，只因为年轻啊，只因为太年轻啊，我放下书，说：

"这样说吧，譬如说你现在正谈恋爱，然后呢，就分手了，过了五十年，你七十岁了，有一天，黄昏散步，冤家路窄，你们又碰到一起了，这时候，对方定定地看着你，说：

'×××，我恨你！'

如果情节是这样的，那么，你应该庆幸，居然被别人痛恨了半个世纪，恨也是一种很容易疲倦的情感，要有人恨你五十年也不简单，怕就怕在当时你走过去说：

'×××，还认得我吗？'

对方愣愣地呆望着你说：

'啊，有点面熟，你贵姓？'"

全班学生都笑起来，大概想象中那场面太滑稽太尴尬吧？

"所以说，爱的反面不是恨，是漠然。"

笑罢的学生能听得进结论吗？——只因为太年轻啊，爱和恨是那么容易说得清楚的一个字吗？

二　受创

来采访的学生在客厅沙发上坐成一排，其中一个发问道：

"读你的作品，发现你的情感很细致，并且说是在关怀，但是关怀就容易受伤，对不对？那怎么办呢？"

我看了她一眼，多年轻的额，多年轻的颊啊，有些问题，如果要问，就该去问岁月，问我，我能回答什么呢？但她的明眸定定地望着我，我忽然笑起来，几乎有点促狭的口气。

"受伤，这种事是有的——但是你要保持一个完完整整不受伤的自己做什么用呢？你非要把你自己保卫得好好的不可吗？"

她惊讶地望着我，一时也答不上话。

人生世上，一颗心从擦伤、灼伤、冻伤、撞伤、压伤、扭伤，乃至到内伤，哪能一点伤害都不受呢？如果关怀和爱就必须包括受伤，那么就不要完整，只要撕裂，基督不同于世人的，岂不正是那双钉痕宛在的受伤手掌吗？

小女孩啊，只因年轻，只因一身光灿晶润的肌肤太完整，你就舍不得碰撞就害怕受创吗！

三　经济学的旁听生

"什么是经济学呢？"他站在讲台上，戴眼镜，灰西装，声音平静，典型的中年学者。

台下坐的是大学一年级的学生，而我，是置身在这二百人大教室里偷偷旁听的一个。

从一开学我就昂奋起来，因为在课表上看见要开一门"社会科学概论"的课程，包括四位教授来设"政治""法律""经济""人类学"四个讲座。想起可以重新做学生，去听一门门对我而言崭新的知识，那份喜悦真是掩不住藏不严，一个人坐在研究室里都忍不住要轻轻地笑起来。

"经济学就是把'有限资源'做'最适当的安排'，以得到'最好的效果'。"

台下的学生沙沙地抄着笔记。

"经济学为什么发生呢？因为资源'稀少'，不单物质'稀少'，时间也'稀少'——而'稀少'又是为什么？因为，相对于'欲望'，一切就显得'稀少'了……"

原来是想在四门课里跳过经济学不听的，因为觉得讨论物质的东西大概无甚可观，没想到一走进教室来竟听到这一番解释。

"你以为什么是经济学呢？一个学生要考试，时间不够了，书该怎么念，这就叫经济学啊！"

我愣在那里反复想着他那句"为什么有经济学——因为稀少——为什么稀少，因为欲望"而麻颤惊动，如同山间顽崖愚壁偶闻大师说法，不免震动到石骨土髓咯咯作响的程度。原来整场生命也可做经济学来看，生命也是如此短小稀少啊！而人的不幸却在于那颗永远渴切不止的有所索求、有所跃动、有所未足的心，为什么是这样的呢？为什么竟是这样的呢？我痴坐着，任泪下如麻不敢去动它，不敢让身旁年轻的助教看到，不敢让大一年轻的孩子看到。奇怪，为什么他们都不流泪呢？只因为年轻吗？因年轻就看不出生命如果像戏，也只能像一场短短的独幕剧吗？"朝如青丝暮成雪"，乍起乍落的一朝一暮间又何尝真有少年与壮年之分？"急罚盏，夜阑灯灭"，匆匆如赴一场喧哗夜宴的人生，又岂有早到晚到早走晚走的分别？然而他们不悲伤，他们在低头记笔记。听经济学听到哭起来，这话如果是别人讲给我听，我大概会大笑，笑人家的滥情，可是……

"所以，"经济学教授又说话了，"有位文学家卡莱亚这样形容：经济学是门'忧郁的科学'……"

我疑惑起来，这教授到底是因有心而前来说法的长者，还是以无心来度脱的异人？至于满堂的学生正襟危坐是因岁月尚早，早如揭衣初涉水的浅溪，所以才凝然无动吗？为什么五月山栀子的香馥里，独独旁听经济学的我为这被一语道破的短促而多欲的一生而又惊又痛泪如雨下呢？

四　如果作者是花

年年岁岁花相似，岁岁年年人不同。

诗选的课上，我把句子写在黑板上，问学生：

"这句子写得好不好？"

"好！"

他们的声音听起来像真心的，大概在强说愁的年龄，很容易被这样工整、俏皮而又怅惘的句子所感动吧？

"这是诗句，写得比较文雅，其实有一首新疆民谣，意思也跟它差不多，却比较通俗，你们知道那歌词是怎么说的？"

他们反应灵敏，立刻争先恐后地叫出来：

太阳下山明早依旧爬上来，
花儿谢了明年还是一样的开。
美丽小鸟飞去不回头，
我的青春小鸟一样不回来，
我的青春小鸟一样不回来，

那性格活泼的干脆就唱起来了。

"这两种句子从感性上来说，都是好句子，但从逻辑上来看，却有不合理的地方——当然，文学表现不一定要合逻辑，但是我还是希望你们看得出来问题在哪里。"

他们面面相觑，又认真地反复念诵句子，却没有一个人答得上来。我等着他们，等满堂红润而聪明的脸，却终于放弃了，只因太年轻啊，有些悲凉是不容易觉察的。

"你知道为什么说'花相似'吗？是因为陌生，因为我们不懂花，正好像一百年前，我们中国是很少看到外国人，所以在我们看起来，他们全是一个样子，而现在呢，我们看多了，才知道洋人和洋人大有差别，就算都是美国人，有的人也有本领一眼看出住纽约、旧金山和南方小城的不同。我们看去年的花和今年的花一样，是因为我们不是花，不曾去认识花、体察花，如果我们不是人，是花，我们会说：

'看啊，校园里每一年都有全新的新鲜人的面孔，可是我们花一年老似一年了。'

同样地，新疆歌谣里的小鸟虽一去不回，太阳和花其实也是一去不回的，太阳有知，太阳也要说：

'我们今天早晨升起来的时候，已经比昨天疲软苍老了，奇怪，人类却一代一代永远有年轻的面孔……'

我们是人，所以感觉到人事的沧桑变化，其实，人世间何物没有生老病死，只因我们是人，说起话来就只能看到人的痛，你们猜，那句诗的作者如果是花，花会怎么写呢？"

"年年岁岁人相似，岁岁年年花不同。"他们齐声回答。

他们其实并不笨，不，他们甚至可以说是聪明，可是，刚才他们为什么全不懂呢？只因为年轻，只因为对宇宙间生命共有的枯荣代谢的悲伤有所不知啊！

五　高倍数显微镜

他是一个生物系的老教授，外国人，我认识他的时候他已经退休了。

"小时候，父亲是医生，他看病，我就站在他旁边，他说：'孩子，你过来，这是哪一块骨头？'我就立刻说出名字来……"

我喜欢听老年人说自己幼小时候的事，人到老年还不能忘的记忆，大约有点像太湖底下捞起的石头，是洗净尘泥后的硬瘦剔透，上面附着一生岁月所冲积洗刷出的浪痕。

这人大概注定要当生物学家的。

"少年时候，喜欢看显微镜，因为那里面有一片神奇隐秘的世界，但是看到最细微的地方就看不清楚了，心里不免想，赶快做出高倍数的新式显微镜吧，让我看得更清楚，让我对细枝末节了解得更透彻，这样，我就会对生命的原质明白得更多，我的疑难就会消失……"

"后来呢？"

"后来，果然显微镜愈做愈好，我们能看清楚的东西，愈来愈多，可是……"

"可是什么？"

"可是我并没有成为我自己所预期的'更明白生命真相的人'，糟糕的是比以前更不明白了，以前的显微镜倍数不够，有些东西根本没发现，所以不知道那里隐藏了另一段秘密，但现在，我看得愈细，知道得愈多，愈不明白了，原来在奥秘的后面还连着另一段奥秘……"

我看着他清癯渐消的颊和清灼明亮的眼睛，知道他是终于"认了"，半世纪以前，那意气风发的少年以为只要一架高倍数的显微镜，生命的秘密便迎刃而解，什么使他敢生出那番狂想呢？只因为年轻吧？只因为年轻吧？而退休后，在校园的行道树下看花开花谢的他终于低眉而笑，以近乎耍赖的口气说：

"没有办法啊，高倍数的显微镜也没有办法啊，在你想尽办法以为可以看到更多东西的时候，生命总还留下一段奥秘，是你想不通猜不透的……"

六　浪掷

开学的时候，我要他们把自己形容一下，因为我是他们的导师，想多知道他们一点。

大一的孩子，新从成功岭下来，从某一点上看来，也只像高四罢了，他们倒是很合作，一个一个把自己尽其所能地描述了一番。

等他们说完了，我忽然觉得惊讶不可置信，他们中间照我来看分成两类，有一类说"我从前爱玩，不太用功，从现在起，我想要好好读点书"，另一类说"我从前就只知道读书，从现在起我要好好参加些社团，或者去郊游"。

奇怪的是，两者都有轻微的追悔和遗憾。

我于是想起一段三十多年前的旧事，那时流行一首电影插曲（大约是叫《渔光曲》吧），阿姨舅舅都热心播唱，我虽小，听到"月儿弯弯照九州"觉得是可以同意的，却对其中另一句大为疑惑。

　　"舅舅，为什么要唱'小妹妹青春水里流（或"丢"？不记得了）'呢？"

　　"因为她是渔家女嘛，渔家女打鱼不能上学，当然就浪费青春啦！"

　　我当时只知道自己心里立刻不服气起来，但因年纪太小，不会说理由，不知怎么吵，只好不说话，但心中那股不服倒也可怕，可以埋藏三十多年。

　　等读中学听到"春色恼人"，又不死心地去问，春天这么好，为什么反而好到令人生恼，别人也答不上来，那讨厌的甚至眨眨狎邪的眼光，暗示春天给人的恼和"性"有关。但事情一定不是这样的，一定另有一个道理，那道理我隐约知道，却说不出来。

　　更大以后，读《浮士德》，那些埋藏许久的问句都汇拢过来，我隐隐知道那里有番解释了。

　　年老的浮士德，面对满屋子自己做了一生的学问，在典籍册页的阴影中他乍乍瞥见窗外的四月，歌声传来，是庆祝复活节的喧哗队伍。那一霎间，他懊悔了，他觉得自己的一生都抛掷了，他以为只要再让他年轻一次，一切都会改观。中国元杂剧里老旦上场照例都要说一句"花有重开日，人无再少年"（说得淡然而确定，也不知看戏的人惊不惊动），浮士德却以灵魂押注，换来第二度的少年以及因少年才"可能拥有的种种可能"。可怜的浮士德，学究天人，却不知道生命是一桩太好的东西，好到你无论选择什么方式度过，都像是一种浪费。

生命有如一枚神话世界里的珍珠，出于沙砾，归于沙砾，晶光莹润的只是中间这一段短短的幻象啊！然而，使我们颠之倒之甘之苦之的不正是这短短的一段吗？珍珠和生命还有另一个类同之处，那就是你倾家荡产去买一粒珍珠是可以的，但反过来你要拿珍珠换衣换食却是荒谬的，就连镶成珠坠挂在美人胸前也是无奈的，无非使两者合作一场"慢动作的人老珠黄"罢了。珍珠只是它圆灿含彩的自己，你只能束手无策地看着它，你只能欢喜或喟然——因为你及时赶上了它出于沙砾且必然还原为沙砾之间的这一段灿然。

而浮士德不知道——或者执意不知道，他要的是另一次"可能"，像一个不知是由于技术不好或是运气不好的赌徒，总以为只要再让他玩一盘，他准能翻本。三十多年前想跟舅舅辩的一句话我现在终于懂得该怎么说了，打鱼的女子如果算是浪掷青春的话，挑柴的女子岂不也是吗？读书的名义虽好听，而令人眼目为之昏眊，脊骨为之佝偻，还不该算是青春的虚掷吗？此外，一场刻骨的爱情就不算烟云过眼吗？一番功名利禄就不算滚滚尘埃吗？不是啊，青春太好，好到你无论怎么过都觉浪掷，回头一看，都要生悔。

"春色恼人"那句话现在也懂了，世上的事最不怕的应该就是"兵来有将可挡，水来以土能掩"，只要有对策就不怕对方出招。怕就怕在一个人正小小心心地和现实生活斗阵，打成平手之际，忽然阵外冒出一个叫宇宙大化的对手，他斜里杀出一记叫"春天"

的绝招，身为人类的我们真是措手不及。对着排山倒海而来的桃红柳绿，对着蚀骨的花香，夺魂的阳光，生命的豪奢绝艳怎能不令我们张皇无措？当此之际，真是不做什么既要懊悔——做了什么也要懊悔。春色之叫人气恼跺脚，就是气在我们无招以对啊！

回头来想我导师班上的学生，聪明颖悟，却不免一半为自己的用功后悔，一半为自己的爱玩后悔——只因年轻啊，只因太年轻啊，以为只要换一个方式，一切就扭转过来而无憾了。孩子们，不是啊，真的不是这样的！生命太完美，青春太完美，甚至连一场匆匆的春天都太完美，完美到像喜庆节日里一个孩子手上的气球，飞了会哭，破了会哭，就连一日日空瘪下去也是要令人哀哭的啊！

所以，年轻的孩子，连这么简单的道理你难道也看不出来吗？生命是一个大债主，我们怎么混都是他的积欠户，既然如此，干脆宽下心来，来个"债多不愁"吧！既然青春是一场"无论做什么都觉是浪掷"的憾意，何不反过来想想，那么，也几乎等于"无论诚恳地做了什么都不必言悔"，因为你或读书或玩，或作战，或打鱼，恰恰好就是另一个人叹气说他遗憾没做成的。

——然而，是这样的吗？不是这样的吗？在生命的面前我可以大发职业病做一个把别人都看作孩子的教师吗？抑或我仍然只是一个太年轻的蒙童，一个不信不服欲有辩而又语焉不详的蒙童呢？

我想走进那则笑话里去

围坐喝茶的深夜，听到这样的笑话：

有个茶痴，极讲究喝茶，干脆住在山高泉洌的地方，他常常浩叹世人不懂品茶。如此，二十年过去了。

有一天，大雪，他瀹水泡茶，茶香满室，门外有个樵夫叩门，说："先生啊！可不可以给我一杯茶喝？"

茶痴大喜，没想到饮茶半世，此日竟碰上闻香而来的知音，立刻奉上素瓯香茗，来人连尽三杯，大呼，好极好极，几乎到了感激涕零的程度。

茶痴问来人："你说好极，请说说看，这茶好在哪里？"

樵夫一面喝第四杯，一面手舞足蹈："太好了，太好了，我刚才快要冻僵了，这茶真好，滚烫滚烫的，一喝下去，人就暖和了。"

因为说的人表演得活灵活现，一桌子的人全笑了，促狭的人立刻现炒现卖，说："我们也快喝吧，这茶好吧！滚烫哩！"

我也笑，不过旋即悲伤。

人方少年时，总有些耽溺于美。喝茶，算是生活美学里的一部分。凡是有条件可以在喝茶上讲究的人总舍不得不讲究。及至中年，才不免悯然发现，世上还有美以外的东西。

大凡人世中的美，如音乐，如书法，如室内设计，如舞蹈，总要求先天的敏锐加上后天的训练。前者是天分，当然足以傲人，后者是学养，也是可以自豪的。因此，凡具有审美眼光之人，多少都不免骄傲孤慢吧？《红楼梦》里的妙玉已是出家人，独于"美字头上"勘不破，光看她用隔年雨水招待贾母、刘姥姥喝茶，喝完了，她竟连"官窑脱胎填白盖碗"也不要了——因为嫌那些俗人脏。

黛玉平日虽也是个小心自敛的寄居孤女，但一谈到美，立刻扬眉瞬目，眼中无人，不料一旦碰上妙玉，也只好败下阵来，当时妙玉另备好茶在内室相款，黛玉不该问了一句：

这也是旧年的雨水？

妙玉冷笑一声：

你这么个人，竟是个大俗人，连水也尝不出来！这是五年前我在玄墓蟠香寺住着收的梅花上的雪，统共得了那一鬼脸青的花瓮一瓮，总舍不得吃，埋在地下，今年夏天才开了，我只吃过一回，这是第二回了。你怎么尝不出来？隔年蠲的雨水，哪有这样清凉？如何吃得？

风雅绝人的黛玉竟也有遭人看作俗物的时候，可见俗与不俗有时也有点像才与不才，是个比较上的问题。

笑话里的俗人樵夫也许可笑——但焉知那"茶痴"碰到"超级茶痴"的时候，会不会也遭人贬为俗物？

为了不遭人看为俗气，一定有人累得半死吧！美学其实严酷冷峻，间不容发。其无情处真不下于苛官厉鬼。

日本的十六世纪有位出身寒微的木下藤吉郎，一度改名羽柴秀吉，后来因为军功成为霸主，赐姓丰臣，便是后世熟知的丰臣秀吉。他位极人臣之余很想立刻风雅起来，于是拜了禅僧千利休学茶道。一切作业演练都分毫不差，可是千利休却认为他全然不上道。一日，丰臣秀吉穿过千利休的茶庵小门，见墙上插花一枝，赶紧跑到师父面前，巴巴地说了一句看似开悟的话："我懂了！"

千利休笑而不语——唉！我怀疑这千利休根本是故布陷阱。见到花而大叫一声"我懂了"的徒弟，自以为因而可以去领"风雅证书"了，却是全然不解风情的。我猜千利休当时的微笑极阴险也极残酷。不久之后，丰臣就借故把千利休杀了，我敢说千利休临刑之际也在偷笑，笑自己有先见之明，早就看出丰臣秀吉不能身列风雅之辈。

丰臣秀吉大概太累了，"风雅"两字令他疲于奔命，原来世上还有些东西比打仗还辛苦。不如把千利休杀了，从此一了百了。

相较之下，还是刘姥姥豁达，喝了妙玉的茶，她竟敢大大方方地说：

好虽好，就是淡了些。

众人要笑，由他去笑，人只要自己承认自己蠢俗，神经不知可以少绷断多少根。

那一夜，在众人的哄笑声中，我真想走到那则笑话里去，我想站在那茶痴面前，他正为樵夫的一句话气得跺脚，我大声劝他说："别气了，茶有茶香，茶也有茶温，这人只要你的茶温不要你的茶香，这也没什么呀！深山大雪，有人因你的一盏茶而免于僵冻，你也该满足了。是这人来——虽然是俗人——你才有机会可以得到布施的福气，你也大可以望天谢恩了。"

怀不世之绝技，目高于顶，不肯在凡夫俗子身上浪费一丝一毫美，当然也没什么不对。但肯起身为风雪中行来的人奉一杯热茶，看着对方由僵冷而舒活起来，岂不更为感人——只是，前者的境界是绝美的艺术，后者大约便是近乎宗教的悲悯淑世之情了。

矛盾篇之二

我渴望赢

我渴望赢，有人说人是为胜利而生的，不是吗？

极幼小的时候，大约三岁吧，因为听外婆说过一句故乡的俗语"吃辣——当家"，就猛吃了几大口辣椒，权力欲之炽，不能说不惊人了。

如果我是英国贵族，大约会热衷养马、赛马吧？如果是东方太平时代的乡绅，则不免要跟人斗斗蟋蟀，但我是个在台湾长大的小孩，习惯上只能跟人比功课。小学六年级，深夜，还坐在同学家的饭厅里恶补，补完了，睁开倦眼，摸黑走夜路回家。升学这一仗是不能输的。奇怪的是那么小的年纪，也很诡诈的，往往一面偷偷读书，一面又装出视死如归的气概，仿佛自己全不在乎。

考取北一女是第一场小赢。

而在家里，其实也是霸气的，有一次大妹执意要母亲给她买两支水彩笔，我大为光火，认为她只需借用我的那支旧笔就可以了，而母亲居然听了她的话去为她买来了，我不动声色，第二天便要求母亲给我买四支。

"为什么要那么多？"

"老师说的！"我决不改口，其实真正的理由是，我在生气，气妹妹不知节俭，好，要浪费，就大家一起来浪费，你要两支，我就偏要四支，我是不能输给别人的！

母亲果然去买了四支笔，不知为什么，那四支笔仿佛火箱似的，放在书包里几乎要烫着人了，我暗暗立誓，而今而后，不要再为自己去斗气争胜了，斗赢了又如何呢？

有一天，在小妹的书桌前看到一张这样的字条：

下次考试：

数学要赢 ×××

国文要赢 ×××

英文要赢 ×××

……

不觉失笑，争强斗胜，以至于此，不但想要夺总冠军，而且想一项一项去赢过别人，多累人啊——然而，妹妹当年活着便是要赢这一场艰苦的仗。

至于我自己，后来果真能淡然吗？有的时候，当隐隐的鼓声扬起，我不觉又执矛挺身，或是写一篇极难写的文章，或是跟"在上位者"争一件事情。争赢求胜的心仍在，但真正想赢过的往往竟是自己，要赢过自己的私心和愚蠢。

有一次，在报上看到英国的特攻队去救出伊朗大使馆里的人质，在几分钟内完成任务，大获全胜，而他们的工作箴言却是"Who dares wins"（勇敢者胜），我看了，气血翻涌，立刻把它钉在记事板上，天天看一遍。

行年渐长，对一己的荣辱渐渐不以为意了，却像一条龙一样，有其颈项下不可触的逆鳞，我那不可碰触、不可输的东西是"中国"，是我胸中的这块隐痛：当我俯饮马来西亚马六甲的郑和井，当我行经马尼拉的华人坟场，当我在纽约街头看李鸿章手植的绿树，当我在哈佛校区里抚摩那驮碑的赑屃，当我在韩国的庆州看汉瓦当，在香港的新界看邓围，当我在泰北山头看赤足的孩子凌晨到学校去，赶在上泰国政府规定的泰文课之前先读中文……我所渴望赢回的，是中国的形象，是散在全世界有待像拼图一般聚拢来的中国。

有一个名字不容任何人污蔑，有一个话题绝不容别人占上风，有一份旧爱不准他人来置喙。总之，只要听到别人的话锋似乎要触及我的中国了，我会一面谦卑地微笑，一面拔剑以待，只要有一言伤及它，我会立刻挥剑求胜，即使为剑刃所伤，亦在所不惜。

属于我自己的轮盘或赢或输又算什么，大不了是这百年光阴的一次小小押宝罢了。而五千年的传统，十亿生灵的祸福却是古往今来最巨大最悲切的投注了，怎能不求其成呢？

上天啊，让我们赢吧！我们是为赢而生的，必要时也可以为赢而死，因此，其他的选择是不存在的，在这唯一的奋争中给我们赢——或者给我们死。

我寻求挫败

我一直都在寻求挫败，寻求被征服被震慑被并吞的喜悦。

有人出发去"征山"，我从来不是，而且刚好相反，我爬山，是为了被山征服。有人飞舟，是为了"凌驾"水，而我不是，如果我去亲炙水，我需要的是涓水归川的感觉，是自身的消失，是形体的涣释，精神的冰泮，是自我复归位于零的一次冒险。

记得故事中那个叫"独孤求败"的第一剑侠吗？终其生，他遇不到一个对手，人间再没有可以挫阻自己的高人，天地间再没有可匹可敌、可交锋的力量，真要令人忽忽如狂啊！

生来有一块通灵宝玉的贾宝玉是幸福的，但更大的幸福却发生在他掷玉的一刹那。那时，他初遇黛玉，一照面之间，彼此惊为旧识，仿佛已相契了万年。他在惊愕慌乱中竟把一块玉胡乱砸在地上，那种自我的降服和破碎是动人的，是一切真爱情最醇美的倾注。

文学史上也不乏这样的例子，陈师道曾经"一见黄豫章（黄山谷），尽焚其稿而学焉"，一个人能碰见令自己心折首俯的高人，并能一把火烧尽自己的旧作，应该算是一种极幸福的际遇。

《新约》中的先知约翰曾一见耶稣便屈身降志说："我仅仅是以水为你们施洗礼的，他却以灵为你们施洗礼，我之于他，只能算一声开道的吆喝声！"《红拂传》里的虬髯客一见李靖，便知天下大势已定，乃飘然远引。那使男子为他色沮、女子为他夜奔的，大唐盛世的李靖，我多么想见他一眼啊。清朝末年的孙中山也有如此风仪，使四方豪杰甘于俯首授命。人生的悲剧原不在头断血流，在于没有大英雄可为之赴命，没有大理想供其驱驰。

　　我一直在寻找挫败，人生天地间，还有什么比挫败更快乐的事？就爱情言，其胜利无非是最彻底的"溃不成军"。就旅游言，一旦站在千丘万壑的大峡谷前，感到自己渺如蝼蚁，还有什么时候你能如此心甘情愿地卑微下来，享受大化的赫赫天威？又尝记得一次夏夜，卧在沙滩上看满天繁星如雨阵、如箭镞，一时几乎惊得昏呆过去，有一种投身在伟大之下的绝望，知道人类永永远远不能去逼近那百万光年之外的光体，这份绝望使我一想起来便觉兴奋昂扬。试想全宇宙如果都像一个窝囊废一样被我们征服了，日子会多么无趣啊！读圣贤书，其理亦然。看见洞照古今长夜的明灯，听见声彻人世的巨钟，心中自会有一份不期然的惊喜，知道我虽愚鲁，天下人间能人正多，这一番心悦诚服，使我几乎要大声宣告："多么好！人间竟有这样的人！我连死的时候都可以安心了！因为有这样优秀的人，有这些美丽的思想！"此外见到特蕾沙在印度，史怀哲在非洲，或是八大、石涛在美术馆，周鼎宋瓷在"博物院"[1]，都会兴起一份"我永世不能追慕到这种境界"的激动，这种激动，这种虔诚的服输，是多么难忘的大喜悦。

---

[1] 指台北故宫博物院——编者注。

如果此生还有未了的愿望，那便是不断遇到更令人心折的人，不断探得更勾魂摄魄、荡荡可吞人的美景，好让我能更彻底地败溃，更从心底承认自己的卑微和渺小。

矛盾篇之三

狂喜

> 仰俯终宇宙，
>
> 不乐复何如？

曾经看过一部沙漠纪录片，荒旱的沙碛上，因为一阵偶雨，遍地野花猛然争放，错觉里几乎能听到轰然一响，所有的颜色便在一霎间蹿上地面，像什么壕沟里埋伏着的万千勇士奇袭而至。

那一场烂漫真惊人，那时候，你会惊悟到原来颜色也有欲望、有性格，甚至有语言、有欢呼的！

而我自己的生命，不也是这样一番来不及的吐艳吗？细想起来，怎能不生大感激、大欢喜，就连气恼郁愤的时候，反身自问，也仍是自庆自喜的，一切烦恼原是从有我而来，从肉身而来，但这一个"我"，这一个"肉身"，却也来之不易啊！是神话里的山精水怪、桃柳鱼蛇修炼千年以待的呢！即使要修到神仙，也须先做一次人身哩！《新约》中的耶稣，其最动人处便在破体而出舍入尘寰而为人身，仿佛一位父亲俯身于沙堆里，满面黑污地去和小儿女办家家酒。

得到这样的肉身，是所有的动物、植物、矿物仰首以待的，天上神明俯身以就的，得到这样清飒爽亮如黎明新拭的肉身，怎能不大喜若狂呢？

莎士比亚在《第十二夜》里有一段论爱情的话：

> 你要这样想："求爱得爱固然好，没有求，就给你，更足宝。"

如果以之论生命，也很适用，这一番气息命脉是我们没有祈求就收到的天宠，这一副骨骼筋络是不曾耕耘便有的收获。至于可以辨云识星的明眸，可以听雨闻风的聪耳，可以感春知秋的慧觉，哪一样不如同悬崖上的吊松、野谷里的幽兰，不是一项不为而有、不豫而成的美丽？

这一切，竟都在我们的无知浑噩中完足了，想来怎能不顶礼动容，一心赞叹？

肉身有它的欲苦，它会饥饿——但饥饿亦是美好的，没有饥饿感，婴儿会夭折，成人会清损，而且，大快朵颐的喜悦亦将失落。

肉身会疲倦困顿——但世上又岂有什么仙境比梦土更温柔？在那里，一切的乏劳得到憩息，一切的苦烦暂且卸肩，老者又复其童颜，赢者又复其康强，卑微失意的角色，终有其可以昂首阔步的天地。原来连疲倦困顿也是可以击节赞美的设计，可以欢忭赞颂的策划。

肉身会死亡，今日之红粉，竟是明日之骷髅，此刻脑中之才慧，亦无非他年蝼蚁之小宴。然而，此生此世仍是可幸贺的。我甘愿做冬残的槁木，只要曾经是早春如诗如酒的花光，我立誓在成土成泥、成尘成烟之余都要哂然一笑，因为活过了，就是一场胜利，就有资格欢呼。

在生命高潮的波峰，享受它。在生命低潮的波谷，忍受它。享受生命，使我感到自己的幸运，忍受生命，使我了解自己的韧度，二者皆令我喜悦不尽。

如果我坚持生命是一场大狂喜会激怒你，请原谅我吧，我是情不自禁啊！

大悲

生命中之所以有其大悲，在于别离。

而其实宇宙万象，原不知何物为"别"，"别"是由于人的多事才生出来的。萍与萍之间岂真有聚散，云与云之际也谈不上分合。所以有别离者，在于人之有情，有眷恋，有其不可理喻的依依。

佛家言人生之苦，喜欢谈"怨憎会""爱别离"，其实，尤其悲哀的应该是后者吧？若使所爱之人能相依，则一切可憎可怨者也就可以原谅。就众生中的我而言，如果常能与所爱之人饮一杯茶，共一盏灯，能知道小女儿在钢琴旁，大儿子在电脑前，并且在电话的那一端有父母的晨昏，在圣诞卡的另一头有弟弟妹妹的他乡岁月。在这个城或那个城里，在山巅，在水涯，在平凡的公寓里住着我亲爱的朋友们，只要他们不弃我而去，我会无限度地忍耐那不堪忍耐的，我会原谅一切可憎可怨的人，我会有无限宽广的心。

　　然而，所谓"怨憎会"与"爱别离"其实也可以指人际以外的环境和状况吧？那曾与你亲爱相依的密实黑发，终有一日要弃你而去，反是你所怨憎的白发或童秃来与你垂老的头颅相聚啊！你所爱的颊边的蔷薇，眼中的黑晶，终将物化，我们被强迫穿上那件可怨可憎的松垮得不成款式的制服——我指的是那坍垮下来的皮肤。并且用一双蒙眬的老花眼去看这变形的世界。告别那灵巧的敏慧的曾经完成许多创造的手，去接受颤抖的、不听命的十指，整个垂老的过程岂不就是告别那一个自己曾惊喜爱赏的自己吗？岂不就是不明不白强迫你接受一个明镜中陌生的怨憎的与"我"格格不入的印象吗？

　　而尤其悲伤的是告别深爱的血中的傲啸，脑中的敏捷，以及心底的感应，反跟自己所怨憎的沉浊、麻木和迟钝相聚了。这种不甘心的分别与无奈的相聚，恐怕不下于怨偶的纠结以及情人的远隔吧，世间之真大悲便该是这一类吧？

　　死是另一种告别，不仅仅是告别这世上恋栈过的目光，相依过的肩膀，爱抚过的婴颊——死所要告别的还要更多更多：自此以后，我那不足道的对人生的感知全都不算数了，后世之人谁会来管你第一次牙牙学语说出一个完整句子所引起的惊动和兴奋？谁又会在意你第一次约会前夕的窃喜？至于某个老人垂死之前跟一条狗的感情，谁又耐烦去记忆呢？每一个人惊天动地的内在狂涛，在后人看来不过是旋生旋灭的泡沫而已。活着的人要把自己的琐事记住尚且不易，谁又会留意作古之人的悲欢呢？死就是一番彻底的大告别啊，跟人跟事，跟一身之内的最亲最深的记忆。宗教世界虽也谈永生和来生，但毕竟一切都告一段落，民间信仰中的来生是要先涉过忘川的，一切从此便告一了断。基督教的天堂又偏是没有眼泪的地方——可是眼泪尽管苦涩，属于眼泪的记忆却也是我不忍相舍的啊！生命中最尖锐的疼痛，最无言的苍凉，最疯狂的郁怒，我是一样也舍不得忘记的啊！此外曾经有过的勇往无悔的用情，披沙拣金的知识，以及电光石火的顿悟，当然更是桩桩不忍遽舍的！一只鹭鸶不会预知自己必死的命运，不会有晚景的自伤，更不会为自己体悟出的捉鱼本领要与自身一同消失而怅怅，人类才是那唯一能感知怨憎会和爱别离之苦的生物啊，只因我们才有爱憎分明的知觉，才有此心历历的判然。

人生的大悲在斤斤于离别之苦，而离别之苦种因于知识，弃圣绝智却又偏是众生做不到的，没有告别彩笔以前的江淹曾写下："黯然销魂者，唯别而已矣。"等彩笔绮思一旦被索还，是不是就不必销魂了呢？我是宁可胸中有此大悲凉的，一旦连悲激也平伏消失，岂不更是另一番尤为彻骨的悲酸？

人体中的繁星和穹苍

　　一个人是怎样变成自然科学家的？我认为是由于惊奇。

　　另一个人是怎样变成诗人的？我认为，也是由于惊奇。

　　至于那些成为音乐家，成为画家，乃至成为探险家的，都源于对万事万物的一点欣喜错愕，因而有不能自已地想去亲炙探究的冲动。

　　如果一定要说有什么差别的话，那就是科学家总是惊奇之余想去揣一揣真相，文学艺术家却在惊奇之际只顾赞美叹气手舞足蹈起来——但是，其实，没有人禁止科学家一面研究一面赞叹，也没有人限制文学艺术家一面赞叹一面研究。

　　万物本身的可惊可奇是可爱的，而我，在生活的层层磨难之余仍能感知万物的可惊可奇，也是可喜的——如今，在这方专栏里能将种种可惊可奇分享给别人更是可喜的。让我们一起来赞叹也一起来探究吧！

生命最初的故事

夜空里，繁星如一春花事，腾腾烈烈，开到盛时，让人担心它简直自己都不知该如何去了结。

繁星能数吗？它们的生死簿能一一核查清楚吗？

且不去说繁星和夜空，如果我们虔诚地反身自视，便会发现另一度宇宙，数以亿计的小光点溯流而上，奋力在深沉黑暗的穹苍中泅泳。然后，众星寂灭，剩下那唯一的，唯一着陆的光体。

——我其实是在说精子和卵子的结合过程，那是生命最初的故事，是一切音乐的序曲部分，是美酒未饮前的激滟和期待，是饱墨的画笔要横走纵跃前的蓄势。

精子的探险之旅

如果说，人体本身的种种奇奥是一系列神话，则精子的探险旅行应视作神话的第一章。故事总是这样开始的：

有一次（Once upon a time），有一只小小的精子出发了，它的旅途并不孤单，和它结伴同行的探险家合起来有两三毫升（也有到五六毫升的），不要看不起这几毫升，每一毫升里的精子编制平均是两千万到六千万只（想想整个台湾还不到两千万人口呢），几毫升合起来便有上亿的数目了！这是一场机密的行军，所有的精子都安静如赴命的战士，只顾奋力洄泳，它们虽属于同一部队（它们的军种，略似海军陆战队吧），行军途中却没有指挥官，奇怪的是它们每一个都很清楚自己的任务——它们知道此行要抢先去攀登一块叫"卵子"的陆地，而且，这是一场不能回头的旅途。除了第一个着陆的英雄，其他精子唯一的命运就是死掉。"抱着万一成功的希望"，这句话对它们来说是太奢侈了，因为它们是"抱着亿一成功的希望"而全力以赴的。

考场、球场都有正常的竞争和淘汰，但竞争淘汰的比率到达如此冷酷无情的程度，除了"精子之旅"以外，也很难在其他现象里找到了。

行行重行行，有些伙伴显然落后了，那超前的彼此互望一眼，才发现大家在大同中原来还是有小异的，其中有一批是 X 兵种，另一批是 Y 兵种。Y 的体型比较灵便，性格也比较急躁，看来颇有奏凯的希望，但 X 稳重踏实，一种跑马拉松的战略，是个不可轻敌的角色。这一番"抢渡"整个途程不过二十五厘米左右，但对小小的精子而言，却也等于玄奘取经横绝大漠的步步险阻了。这单纯的朝香客便不眠不休不食不饮一路行去。

优胜劣败的筛选

世间女子，一生排卵的数目约五百，一个现代女人大概只容其中的一两个成孕，而每一枚成孕的卵子是在亿对一的优势选择后才大功告成的。这种豪华浪费的大手笔真令人吃惊——可是，经过这场剧烈的优胜劣败的筛选，人种才有今天这么优秀，这么稳定。虽说"上天有好生之德"，但在整个人种绵延的过程中却反而只见铁面无私的霹雳手段呢！

虽然，整个旅程比一只手掌长不了多少，但选手却需要跑上两三个小时或五六个小时，算起来也是累得死人的长跑了。因此，如果情况不理想，全军覆没的情形也不免发生。另外一种情况也很常见，那就是选手平安到达，但对方迟到了，于是精子必须等待，事实上精子从出发到守候往往需要支持十几个小时。

好了，终于最勇壮的一位到达终点了，通常在终点线附近会剩下大约一百名选手。最后的冲刺当然是极为紧张的，但这胜利者会得到什么呢？有鲜花、金牌在等它吗？有镁光灯等着为它做证吗？没有，这幸运而疲倦的英雄没有时间接受欢呼，它必须立刻部署打第二场战，它要把自己的头帽自动打开，放出一些分解酵素，而这酵素可以化开卵子的一角护膜，那卵子，曾于不久前自卵巢出发，并在此中途相待，等待来自另一世界的英雄，等待膜的化解，等待对方的舍身投入。

生命完成的感恩

这一刹那，应该是大地倾身、诸天动容的一刹。

有没有人因精卵的神迹而肃然自重呢？原来一身之内亦如万古乾坤，原来一次射精亦如星辰纳于天轨，运行不息。

故事里的孙悟空，曾顽皮地把自己变作一座庙宇，事实上，世间果有神灵，神灵果愿容身于一座神圣的殿堂，则那座殿堂如果不坐落于你我的此身此体，还会是哪里呢？

　　附：这样说吧，如果你行过街头，有人请你抽奖，如果你伸手入柜，如果柜中上亿票券只有一张可以得奖，而你竟抽中了，你会怎样兴奋？何况奖额不是一百万一千万，而是整整一部"生命"！你曾为自己这样成胎的际遇而有过一丝一毫的感恩吗？

我会念咒

一

我会念咒，只会一句。

我原来也不知道，是偶然间发现的。一向，咒语都是由谁来念诵呢？故事里是由巫婆或道士来念，他们有时是天生就会，有时是跟人学来的，咒语多半烦难冗长，令人望而生畏。

我会咒语而竟不自知，想来是自己天生会的。

我会的那句咒语很简单，总共只有四个字，连小孩都能立刻学会，那四个字是："我好快乐！"

如果翻成英文，也是四个字："I am so happy！"

二

这样的咒语虽不能让撒出手的豆子变成兵，让纸剪的马儿真的可骑可乘可供驱驰，让钵子里的钱永远掏用不完，或让别人水果摊上的水梨都到我的树枝上来供我之用。

可是，它却有茅山道士的大法力，它可以助我穿墙。什么墙？砖墙？水泥墙？铜墙？铁壁？都不是，而是悲伤之墙，是倦怠之墙，是愤懑怨怒之墙，是遭到割伤烫伤斫伤泼伤之际的自伤之墙，是心灰意懒情催泪尽的沮丧之墙，是自认为我已心竭力怯万劫不复的绝望之墙……

三

大约是两年前吧，有一天，奔波了一整天，到黄昏时才回家，把车在巷子里停好，车窗尚未关上，我不自觉地大叹了一声："啊！我好快乐！"

当时车停在公园旁，隔着矮矮的灌木丛，有一个背对我垂头而坐的男人听到我说话，他猛地坐直身子回望我一眼，我这才发现半米之外有人听到我最幽微的内心语言。那一眼令我难忘，隔着打开的车窗，我看到那其中有惊吓，在这都市里怎会有一个女人在做如此诡异的宣告？也许也有愤怒，世道如今都成了什么样子了，你还有本事快乐！也许有不可置信，什么？快乐这种东西还存在着吗？也许是悲悯，这女子难道疯了吗？

我当时有点惭愧，然后，我发觉，我爱念这句咒语已经很久了，平常没有人听见，我也不自觉，今天被人发现又被人回头看了一眼，才觉得这句话真有点怪异。

那老男人站起来，在暮色中踽踽离去了。他是被吓到的吗？

四

其实，我很想追上那人，对他说：

老先生，你刚才听到我说的那句话，既是真的，也是掰的。我其实大病初愈，身心俱疲。我其实忧时忧世不认为这粒地球有什么光明的前途。我事实上一想及那些优美深沉馥郁绵恒的传统正遭人像处理病死猪一般泼毒且掩埋，就恨不得放声恸哭，与人一诀……但此刻，我奔波了一天，不管我所恳求的、所呼吁的、所叮嘱的、所反复申诉的被接受了或被拒绝了，上帝啊，毕竟我已尽力了。天黑了，我回家了，我如此渺小，赐我今夕热食热汤，赐我清爽的沐浴，赐我一枕酣睡。

为此，我好快乐。

能尽心竭力，我好快乐。

能为心爱的道统传承来辛苦或受辱，这并不是每一个人可享有的权利，所以，我好快乐。

如果我悲苦，那也是上天看得起我，容许我忍此悲辛荼苦，我为配忍此苦楚而要说一句：

我好快乐。

我好快乐，因为我能说"我好快乐"，这是我的快乐咒，其言有大法力，助我穿墙直行，披靡天涯，虽然也许早已撞得鼻青脸肿，而不自知。

像歌剧的序曲，车行一路都是山，小规模的，你感到一段隐约的主旋律就要出现了。

忽然，摩托车经过，有人在后座载满了野芋叶子，一张密叠着一张，横的叠了五尺，高的约四尺，远看是巍巍然一块大绿玉。想起余光中的诗——

> 那就折一张阔些的荷叶，
> 包一片月光回去，
> 回去夹在唐诗里。
> 扁扁的，像压过的相思……

中国台湾荷叶不多，但满山都是阔大的野芋叶，心形，绿得叫人喘不过气来，真是一种奇怪的叶子。曾经，我们的市场上芭蕉叶可以包一方豆腐，野芋叶可以包一片猪肉——那种包装纸真豪华。

一路上居然陆续看见许多载运野芋叶子的摩托车，明天市场上会出现多少美丽的包装纸啊！